INSOLENTE ÉCLOSION EN BOURGOGNE

A mes parents Mathilde et Robert,
A Raphaël Amon,

ISBN : 9782916986296

Carole SEIGNEZ

INSOLENTE ÉCLOSION EN BOURGOGNE

Illustrations de Carole SEIGNEZ

Editions VAILLANT

© Coquelicots

GRAND PRIX
FESTILIVRES-BOURGOGNE 2011

décerné par
ANICOM-MONETEAU
et
les Editions VAILLANT

© Vendanges

LE DORTOIR DE L'AMOUR

© la pose

A la campagne

Nous sommes en 1978, une époque où la France connaît une bonne évolution économique.
Le travail est à la portée de presque tous et les gens s'épanouissent dans leur quotidien.
Les riches comme les pauvres se côtoient et même si des revendications existent, tout ce bon monde vit avec le sourire.
La période est donc prospère et chacun se projette dans l'avenir.
Les familles sont unies, elles se reçoivent régulièrement et c'est souvent la Fête pour les retrouvailles. Des amis s'invitent régulièrement et dans certains endroits, il arrive que l'on se retrouve quinze, vingt et plus à table. D'une part, les adultes qui aiment se vanter de tout et de rien tout en buvant de bons p'tits coups; d'autre part, les enfants regroupés en bout de table qui s'aiment ou se détestent. Se forment des clans....

Elle, elle n'a que treize ans, lui en a dix-huit. Il est l'un des fils de la cousine germaine de son père à elle. Il est grand, blond bien fait de sa personne et son sourire lui donne du charme.
L'interdit va se produire... Qui ne serait pas tenté?

Dans la belle campagne bourguignonne, à une quarantaine de

kilomètres de Dijon, se trouve un village comprenant une centaine d'habitants. Coupé en deux par une départementale, il n'en est pas moins charmant avec son église moyenâgeuse à droite, sur les hauteurs et son château à gauche.
Des routes ou plutôt des chemins de part et d'autre mènent aux champs ou paissent vaches et taureaux. Tous ces espaces sont délimités par des forêts aux chênes verts gigantesques.

A Pâques, d'habitude le temps est maussade et froid mais cette année le soleil est au rendez-vous et met en valeur toutes les teintes de la nature.
En plein centre du village, longeant la départementale, nous arrivons dans la propriété familiale de ses parents à elle. Et c'est ici qu'elle connaîtra ce bel interdit.

Le portail or et bronze en fer forgé mène à l'entrée face à une immense grange et à ses écuries. Cette place parée de verdure et faite de graviers permet à huit véhicules de se garer. Entre la maison rose à gauche et la grange à droite un large chemin nous emmène à l'arrière de celle-ci.
De là, on plonge dans un horizon somptueux: en contre bas des champs à perte de vue coupés par un rivière que l'on nomme L'Ouche et plus loin le bois; en haut, à droite l'église et son cimetière nous surplombent.

Un bassin en vieilles pierres crache son eau sur des grenouilles. Il se situe face à l'entrée de la maison et plus loin, trois passages distincts mènent au pré séparé du jardin par un vieux muret de près de deux mètres de hauteur. Du pré, on

accède au bois privé toujours par trois passages dont le principal est orné d'arbres fruitiers, de fleurs et d'arcades en fer forgé. Un petit lavoir charmant domine un petit potager.
L'extérieur de la demeure est parsemé de fontaines, de petits escaliers en vieilles pierres qui aboutissent dans de tous petits endroits verdâtres avec des fleurs aux teintes variées se transformant en cachettes.

La maison rose avec son toit multicolore avec de rares tuiles bourguignonnes semble immense. Elle dispose au rez-de-chaussée d'un salon bleu (dit salon des enfants), d'un salon rouge (celui des adultes) et d'une grande cuisine faisant office de salle à manger.
Face à elle traversant le couloir, la vaste salle de bain avec vue sur l'arrière de la maison semble d'une autre époque.
A l'étage, quatre immenses chambres se font face dans ce hall octogonal.
Au-dessus, le grenier fait toute la surface de la maison. Il aurait bien besoin de travaux ! Il y abrite quantités d'illustrations, de vieux livres et de véritables ossements humains dont des crânes qui font peur aux enfants. Il faut dire que l'ancien propriétaire fut le médecin du pays.
La cave également, fait toute la surface de la maison. Il s'agit d'une immense cave bourguignonne toute en vieilles pierres, le paradis pour tous les hommes et surtout le père d'Elle qui entasse ses meilleures bouteilles et qui souvent avec ses copains, passe ces lundis à soutirer du vin des fûts.

Le week-end de Pâques

C'est la fin des vacances et pour Pâques, la maisonnée s'apprête à accueillir de nombreux invités. Elle, elle rentre d'un séjour d'une semaine à Paris où avec ses cousins, elle s'est éclatée entre visites diverses, parties de rigolades et sorties nocturnes. Les fils de la cousine germaine de son père se sont occupés d'elle comme jamais d'autres garçons ne l'avaient fait. Surtout deux d'entre eux, simples adolescents fous de hard rock désirant lui faire partager leur passion. Elle aime leur compagnie gentille et drôle. Ils sont plus âgés et donc la protègent. De son coté, elle les égaye dans leur quotidien maussade dû à la mésentente de leurs parents. Leur père malgré sa bonne situation dans les hautes sphères d'un laboratoire est un alcoolique. Il aime sa femme qui ne le supporte plus. On dirait qu'elle ne l'a jamais aimé. Pourtant ils ont eu quatre enfants. L'ainée est absente.
Le premier fils beau et séducteur s'enferme souvent dans sa chambre ou il révise car il est en première année de médecine. Malgré ses occupations studieuses, il saura se libérer pour sortir le soir avec ses frères et sa cousine. En effet, il désire mieux la connaître, elle l'attire.

Eric semble être le fils préféré puisqu'il est le seul dont les parents parlent gentiment.
Le couple se déchire. Ils hurlent constamment et la mère adopte le même comportement avec ses deux derniers fils notamment avec l'avant-dernier. Ce dernier un peu déluré au

physique ingrat et vilain plaît à sa cousine. Il est tellement gentil et drôle !!! Heureusement qu'il s'entend à merveille avec son petit frère. D'ailleurs, ils sortent souvent ensemble. Ils sont tous plus âgés que leur cousine qui n'a que treize ans.
L'un des soirs où ils sont sortis tous les quatre, l'ainé conduisant une vieille automobile, il s'est produit l'évènement.
Eric et sa cousine ont ressenti une attirance exquise mutuelle.
Depuis cet instant, il fera tout pour la croiser, la charmer et la surprendre. Pour elle, il s'agit d'un jeu et tous ces moments furtifs lui paraissent délicieux.

Le séjour à Paris terminé, les cousins la ramènent à ses parents et vont donc en profiter pour passer un week-end à la campagne.

Comme ils sont six plus elle, ils disposent de deux véhicules.
Elle voyagera sans sa personne préférée et son absence lors du trajet lui pèse.
Direction Thorey, situé en Bourgogne, dans la jolie vallée de l'Ouche…

Les deux véhicules quittent ensemble Paris pour prendre par l'autoroute du Sud, la direction de Beaune.
Elle se trouve installée avec ses cousins à l'arrière de la première voiture. Leur père est au volant.
Les jeunes discutent, plaisantent et admirent le paysage.
Sortant de l'autoroute et rentrant en ville, ils contournent celle-ci en longeant les remparts pour prendre la petite route qui conduit à Bligny-sur-Ouche. La route change et devient

sinueuse. Les virages donnent mal au cœur à la petite qui a hâte d'être à destination.

Une halte est faite sur la place du village pour approvisionner les cousins en cigarettes.
Ils reprennent la Départementale jusqu'au petit bourg d'Oucherotte qu'ils dépassent sur environ deux kilomètres pour atteindre enfin le but de leur voyage.
Il est alors dix-sept heures en ce dimanche de Pâques.

A l'arrivée, le portail grandiose est ouvert. C'est la pagaille. Les véhicules se garent de façon à laisser place à d'autres. La smala se prépare à recevoir. Cris de joie, embrassades et banalités dites à voix haute donnent la nausée à la jeune fille. Et puis tout le monde n'est pas arrivé.
En attendant, on décharge les valises, on s'affaire en cuisine et pendant que les hommes préparent l'apéritif, les enfants installent la tablée. Certains donnent un coup de main en cuisine. Les femmes haussent le ton. Tout en se partageant les tâches excitées, elles se racontent leur quotidien.

Les entendre piaffer et observer le bazar fait paniquer la petite. Elle cherche à fuir cette ambiance en se réfugiant dans une des chambres à l'étage. Se trouvant ainsi seule, elle se positionne devant une armoire parée d'un véritable miroir.
Elle est jeune, belle mais prend le temps de découvrir les moindres détails de sa personne. Elle se dénude. Une fois nue, elle effleure son visage ovale. Les yeux bleus en forme d'amande prennent différentes expressions au fur et à mesure

du toucher. La crinière épaisse d'un ton blond châtain brille et s'émancipe jusqu'à sa poitrine. Elle palpe ses seins en appréciant leur rondeur, leur maintien, leur fermeté et ses petits tétons jolis.
Son corps est musclé par la danse classique qu'elle pratique depuis l'âge de quatre ans. Elle admire ses jambes élancées, touche son nombril mais n'ose pas aller plus bas. Cette chose intime lui fait peur ou ne l'intéresse pas. Elle décide d'en faire abstraction.
En regardant ses fesses, elle est soudainement dérangée par des cris qui l'appellent.

Elle se rhabille en toute hâte et descend au rez-de-chaussée.
En arrivant à la cuisine, elle salue les derniers invités excepté Eric qui doit errer à l'extérieur. Elle n'a guère le temps de le chercher car elle doit, avec ses sœurs et frère, éplucher les crudités puis dresser les tables au jardin.
En fait de tables, de grandes planches en bois sont utilisées en les posant sur plusieurs tréteaux.

De retour en cuisine, elle est attendue pour la corvée du nettoyage des pissenlits que ses parents ont cueilli le matin même dans les champs, autour de la propriété.
Les pissenlits ont encore leurs racines et sont pleins de terre.
Leur quantité impressionnante est nécessaire pour remplir trois saladiers.
Une fois débarrassés de leurs racines et bien nettoyés à l’eau vinaigrée, ils sont alors essorés et attendent les lardons frits, la sauce moutarde ainsi que des œufs pochés.

Au milieu de ce brouhaha, elle n'a qu'un désir: s'éclipser en douce et chercher le silence.
Elle ressent le besoin de s'isoler pour rêver à lui, à elle, à eux. Elle prétexte apporter des assiettes pour emprunter l'un des perrons menant à l'arrière de la maison. Les tables dressées sont à droite face à l'écurie. Le terrain est spacieux limité tout autour par un muret servant de banc à qui le veut. Par de là le muret, on se projette sur un champ descendant menant à une rivière ou l'on se baigne l'été.

Les assiettes placées, la jeune fille se retourne et subitement aperçoit son cousin plus ou moins caché par le noir de l'écurie dans laquelle il se trouve. Tout en lui souriant, il lui tend la main.

L'endroit est sombre et comme ils sont seuls, elle se précipite et main dans la main, ils se dirigent vers la grange immense, terrain de jeux pour petits et grands. Côte à côte se situent une table de tennis de table et un baby foot datant de 1950.
A l'arrière plan, une vieille calèche toute repeinte en bronze domine un tas de bois. Ce bois est une nécessité l'hiver car les cheminées dans les salons bleu et rouge fonctionnent à plein régime et contribuent à chauffer toute la maison.
Ils empruntent une des deux échelles pour accéder au premier étage et être seuls. Le plancher craque, il semble très dangereux mais la force d'être à deux leur fait oublier les risques qu'ils prennent. Ils savent que cet instant est court car ils entendent le monde se presser à table. Pourtant, ils sont simplement heureux de se retrouver main dans la main, les yeux

fixés sur l'autre. La bise des retrouvailles parait légère...

Que ce soit en cuisine, autour du barbecue, sur le muret ou à table, c'est la cohue notamment à l'heure de l'apéritif.
Elle, comme toutes les filles sert des encas. Elle sourit mais au fond cela l'énerve. Nous sommes dans un univers de machos et elle ne supporte pas d'obéir aux hommes qui profitent de se faire servir "à pied baiser". Les compliments fusent sur sa personne mais elle n'en a que faire.
Vivement la fin du repas qu'elle puisse s'amuser avec ses cousins.
Celui-ci durera environ quatre heures.
Elle se déplace souvent pour servir et surtout pour aller faire la vaisselle. Le temps ainsi passe plus vite.
Les adultes ont le vin bon ou mauvais.

En tout cas, les jeunes en ont marre et dès que l'autorisation de sortir de table est donnée, ils courent, jouent, vivent simplement.
Elle, elle passe le temps à jouer à cache-cache. Elle connaît les fameuses cachettes entre le petit bois, le lavoir et les autres petits endroits naturels. Elle connaît la propriété comme sa poche et en profite pour semer autrui et se moquer des autres. Une partie de baby foot avec ses trois cousins achève l'après-midi en beauté.

Avant le souper, chacun doit retrouver sa chambre, ranger son "fourbis" et préparer son lit. Au rez-de-chaussée, les salons bleu et rouge disposant de deux canapés lits accueillent

deux couples. A l'étage, il faut s'organiser car deux chambres sont occupées l'une par ses parents, l'autre par les parents à lui. Une troisième grande pièce sera destinée à un couple d'amis.
Quant à la quatrième, il faudra y caser sept enfants.

Il s'agit du dortoir!

Outre trois lits d'une personne, on étale une plaque de mousse de dix centimètres d'épaisseur permettant le couchage de trois ados. Un matelas sera disposé au sol et c'est elle qui s'y installera. Les enfants se ruent pour choisir leur place.
Eric choisit le lit où, en contre bas, se situe le matelas de sa cousine.
Une fois les lits faits et les affaires éparpillées, il est temps pour tous de préparer le dîner.

Le cinéma recommence et chacun s'affère à sa tâche dans un joyeux brouhaha. Comme c'est la bonne franquette, on utilise des assiettes en carton et des verres en plastique pour éviter un trop plein de vaisselle. Une fois attablé, chacun se sert à sa guise.
Au menu: salade de pissenlits aux lardons; omelette aux pommes de terre; fromage et fruits de saison.

Les adultes plaisantent, parlent fort et c'est à celle ou celui qui se mettra en valeur en narrant les pires histoires. Les sujets sont variés tels que la politique, l'économie, les études des enfants et surtout l'argent.

Les jeunes toujours en bout de table se placent en fonction des affinités.

Elle, elle se situe loin de ses frère et sœurs mais elle est juste à coté de ses cousins et surtout face à son préféré.

L'Interdit

Dès la fin du repas, alors que les grands continuent à bien picoler, les autres participent au cache-cache nocturne. Certains espaces sont à peine éclairés mais il fait bon; on se croirait en été. Ce jeu ne s'éternisera pas puisqu'ayant bien bu, certains adultes bruyants cachés seront vite repérés. Ils finiront la soirée à jouer au tarot après avoir souhaité bonne nuit aux petits.

Au dortoir, c'est la "chienlit". La bataille de polochon excite le drôle de petit monde. Les ainés décident donc de se partager des couvertures abîmées afin d'utiliser l'escalier en colimaçon comme un toboggan. C’est à celui qui descendra le plus rapidement. On s'amuse, s’excite jusqu'à ce qu'un parent vienne rouspéter et renvoyer tout le monde au lit.
A une heure du matin, après une journée agitée, grands et petits se préparent à dormir.

Au dortoir, juste avant que l'on éteigne la lumière, les deux cousins se sont longuement regardés.

Allongée en bas du lit du beau jeune homme, pendant que

quelques uns plaisantent en chuchotant, elle ne sait que penser. Elle est ravie de cette journée et être si proche de lui l'excite à tel point qu'elle ne peut s'endormir. Des ronflements s'entendent mais elle continue à rêver de ce qu'elle ne connaît pas. On ne lui a jamais rien dit sur les menstruations, sur la sexualité et donc c'est complètement innocente qu'elle songe à sa personne. Elle sait qu'elle plaît physiquement malgré le fait qu'elle ne s'est jamais aimée.
Mais cette nuit, elle apprécie son corps, sa personne car elle sent près d'elle la présence aimante d'un être du sexe opposé qui l'a séduite.

Au moment où elle ferme les yeux cherchant l'apaisement du sommeil, elle sent un bras, une main qui effleure son ventre.
Elle ne comprend pas, se dit que son cousin endormi a mis son bras hors du lit. Au bout d'un laps de temps, elle sent les doigts de la main bouger légèrement sous sa poitrine par dessus sa chemise de nuit. Comme tétanisée, surprise, elle ne sait plus ou elle en est.

Puis toujours allongée, elle se met sur ses coudes. C'est alors que son cousin se penche cherchant le visage doux.
Les lèvres se rencontrent et timidement, il commence à l'embrasser.
Au départ, les baisers sont furtifs puis devinant qu'il la fixe des yeux, elle entrouvre légèrement la bouche. Elle assiste avec étonnement et plaisir à un véritable baiser qui dure, dure, dure jusqu'à la faire frissonner. Dans cette pièce sombre où cinq autres personnes dorment, ils ne sont plus qu'à deux

dans cet univers de l'amour.

Tout en parcourant son visage avec ses lèvres, il lui caresse ses cheveux abondants. Il va doucement, il ne veut pas qu'elle ait peur.
Mais elle est en confiance et va de découverte en découverte. Elle se dit qu'ils ont toute la nuit devant eux et quel délice cette intimité partagée!
Il n'ose pas aller trop loin car il devine ce petit corps à peine formé. Alors c'est elle qui décide d'enlever sa chemise de nuit. Fou de plaisir, il touche puis embrasse des seins fermes qu'il prétend être magnifiques. Tout en laissant une main sur les tétons pointus, il caresse avec sa bouche et l'autre main le bas ventre et les cuisses. Il est encore timide mais en sentant le corps offert sous lui, il délimite le sexe féminin avec ses doigts. C'est alors qu'il enlève son caleçon pour se placer sur elle. Le corps à corps devient une expérience supplémentaire pour ces deux cousins qui savent qu'ils ne doivent faire aucun bruit. Il lui met ses mains sur sa bouche, étouffant ainsi ses petits gémissements. Elle sent quelque chose d'énorme qu'elle imagine. Lentement, il lui écarte les cuisses et met cette chose énorme en elle. Il est tellement heureux que leurs corps fusionnent aussi bien, qu'il exécute ses va et vient pendant longtemps, très longtemps. Elle, elle n'a même pas mal, elle aime ce qu'il lui fait. Elle n'imaginait même pas qu'une telle chose pouvait exister car son éducation stricte et son manque de communication avec ses aînés ont contribué à la rendre plus innocente.

Quand il a terminé ses allers retours, il reste longtemps en elle. Cette symbiose semble fantastique pour les deux partenaires. Ils n'arrivent pourtant pas à percer leurs sentiments réciproques. Ils sont à l'unisson avec ces deux corps allongés immobiles. Lorsqu'il se retire enfin, il lui prend la main, la met debout et l'attire à lui dans le noir pour s'échapper du dortoir. Nus, ils traversent le hall et empruntent l'escalier pour joindre le rez-de-chaussée. De là, ils se rendent à la salle de bain.
Ils prennent beaucoup de risques mais en sont à peine conscients. A tout moment, n'importe qui peut les surprendre. La maison est ancienne et malgré tous leurs efforts de silence, le vieux parquet craque sous leurs pieds.

La pièce d'environ vingt-cinq mètres carrés dispose d'une armoire à pharmacie ou l'on distingue en plus du nécessaire à soigner, des tas de babioles et un crâne d'homme en parfait état. Sous la fenêtre, un bidet trône et au fond de la pièce se situent une grande baignoire au milieu, à droite de celle-ci une porte en bois accédant au cabinet et à gauche un immense lavabo dominé par un miroir.

Ils ferment la porte derrière eux et respirent en allumant la petite lumière.
Sans dire un mot, Eric porte sa cousine pour la mettre dans la baignoire. Il la nettoie puis se lave. Elle n'ose ouvrir la bouche et le laisse prendre toutes les initiatives. Une fois séchés, ils se fixent mutuellement. Elle, elle ne sait pas encore ce qu'il pense d'elle. Elle a pris son temps à contempler le

drôle d'oiseau qui l'a pénétrée. Il la met face au miroir, l'enlace par l'arrière. C'est alors qu'il lui chuchote à l'oreille des mots doux comme regardes comme nous sommes beaux tous les deux!
Ce sera leur dernier instant ensemble car l'aube pointe son nez et ils doivent vite remonter dans leur chambre avant qu'un adulte se réveille.

La nuit semble courte mais cette intimité merveilleuse en valait la peine.

Lundi de Pâques

Pour certains, il faut se rendre à la messe; les autres recommencent à besogner en cuisine. Les enfants cherchent les œufs en chocolat dans les différents recoins du jardin. Chacun s'amuse à sa façon jusqu'au déjeuner.
Il parait difficile pour les deux amants de faire comme si de rien n'était. Ils ne veulent qu'une chose: voler des minutes pour s'isoler et s'embrasser, s'admirer en pleine lumière du jour.
Ils savent que le temps passe vite et qu'en début de soirée ils se quitteront, Eric rentrant avec sa famille à Paris.
Au déjeuner, toute la famille et tous les amis venus d'hier et du jour-même partagent avec gaieté et délice ce repas. Sur les tables, sont dressés différents plats de crudités et une jatte de jambon de Bourgogne appelé couramment jambon persillé, un plat apprécié des adultes.

Les hommes s'occupent du barbecue où grillent merguez, ailes et cuisses de poulet et entrecôtes. Pour le dessert, sur le muret sont disposés quantité de fruits variés. On réutilise les assiettes en carton pour l'entrée et le dessert. C'est la bonne franquette, chacun se sert et trinque à sa guise. Des bans bourguignons s'exécuteront à plusieurs reprises en l'honneur des chefs de la réception et donc des parents d'Elle.

En bout de table, les jeunes se pressent à manger pour sortir rapidement de la table et profiter d'une plus longue après-midi ensoleillée.
Il fait exceptionnellement chaud en cette période alors on pose les tricots au dos des chaises pour rester en tee-shirt ou chemisier.
Les deux amants ont préparé dès le repas leur emploi du temps. Ils ont fait comme mine de rien pour convenir d'une grande balade à l'extérieur du village. Ils décident haut et fort de faire une longue marche du coté de l'église. Ils savent que les autres n'auront pas le courage de parcourir une dizaine de kilomètres même si leur souhait diffère.

Laissant les adultes continuer leur cinéma, les jeunes quittent la table et s'approprient diverses activités.

Les deux cousins sortent de ce brouhaha essayant de passer inaperçus.
Une fois le lourd portail fermé, ils se sourient tout en se prenant la main... Leur objectif est de s'éloigner juste ce qu'il faut pour trouver un petit coin de nature ou ils ne seront que

deux enfin.
Tous deux sont joliment vêtus notamment elle dont la jupe fluide et la chemise blanche font deviner les formes de son corps.
Elle ne le sait pas encore mais cette tenue n'a pas cessé d'exciter son cousin depuis le matin.
Pour commencer l'escapade, ils prennent la direction de l'église mais juste avant son accès, trouvent un chemin sur la route menant on ne sait où.
Il s'agit d'un espace étroit terreux bordé d'arbres et de bois. Les feuilles ornant le passage s'effritent sous leurs pas.

Ils n'osent souffler mot car l'émotion de cette vie naturelle leur procure une plus forte sensation de bien-être. Cet état, ils ne le connaissaient pas jusqu'à ce jour.
A force d'avancer et de s'enfoncer dans le bois, ils choisissent une place cachée, un petit coin de paradis pour se poser.

Debout et immobiles, ils s'admirent mutuellement pendant un long laps de temps. Et puis l'aîné prend les devants en commençant à rompre leur silence.
Il ordonne à la petite d'enlever son corsage car il veut contempler ses seins au grand jour. Elle obéit tout en prenant son temps à déboutonner l'un après l'autre les petits boutons du chemisier. Elle aime percevoir le désir dans le regard de l'autre et sait que ce moment partagé les marqueront pour toujours. Eric bouche bée découvre ces deux formes exquises et ne peut s'empêcher de mettre un des jolis tétons dans sa bouche. Le plaisir devient si intense qu'il la pose au sol sur un

amas de feuilles mortes. Il caresse de baisers le torse en remontant jusqu'au visage. Les lèvres se rejoignent pour un véritable baiser qui donne l'impression d'une volupté éternelle pour chacun d'eux.
Tout en continuant d'être embrassée elle prend la main de son amant pour la diriger sous la taille de la jupe. Cela rend fou son partenaire. Alors il la lui retire et contemple tout ce petit corps qui lui appartient.
Il remarque les différentes mimiques de sa cousine et cela l'amuse. Est-ce sa jeunesse ou sa personnalité qui contribue à la rendre très expressive?
Il sent que cet instant sacré sera unique dans sa vie. Il tient à en profiter davantage qu'elle car il la trouve encore immature.
Il décide de se dévêtir à son tour et tient à ce qu'elle l'observe. Elle, elle sait qu'en tant qu'étudiant en médecine, il connaît parfaitement bien l'anatomie des femmes.
Elle, elle se surprend à détailler le beau corps musclé et bien proportionné. Jusqu'à présent, elle s'attardait à la tête blonde qu'elle trouvait splendide avec un sourire de ravageur. Aujourd'hui, elle découvre ce sexe d'homme qui grandit, grossit...
Elle va à sa rencontre pour le toucher. C'est la première fois qu'elle fait cela. Son amant le sait et excité comme jamais, il lui retire la petite main, lui écarte les cuisses et enfouit sa tête entre. Il lèche doucement le petit abricot. Etonnée, elle le laisse faire. Elle sent une chaleur indescriptible l'envahir. Il la caresse et la couvre de baisers.

Il l'aime tout court et fait durer l'éblouissement.

N'en pouvant plus, il se met à la pénétrer comme s'il la déchirait. Elle n'a pas mal mais la force qu'il emploie pour être en elle lui donne une expression hagarde. Il s'en aperçoit vite, alors il freine la cadence de cette danse. Aux anges, il prend tout son temps. Ainsi il devine le plaisir de plus en plus intense de sa belle aimée. Les va et vient durent, durent, durent... Elle se dit qu'il est jeune, endurant puisque sportif. Elle ne pense pas que c'est elle toute entière qui lui procure ce désir. Elle apprécie l'unité de leurs corps jusqu'à ce qu'il jouisse haut et fort.

Toujours en elle, il l'embrasse de toutes ses forces. Et puis l'envie lui reprend, alors ils refont l'acte jusqu'à l'épuisement. L'amour n'a plus de limite. Il éjacule en elle à plusieurs reprises et pourtant il se doute des risques car à son âge, elle ne prend pas de pilule. Elle n'a probablement jamais consulté un gynécologue. Tant pis! Conscient ou inconscient, il préfère en faire abstraction.

A la fin, il se retire; elle comprend qu'ils ne recommenceront plus jamais alors elle verse quelques larmes. Il lui caresse la joue, embrasse ses larmes et lui dit combien elle devra être courageuse.

Cela fait presque quatre heures qu'ils ont quitté la propriété. Le temps passant trop vite, ce n'est que soudainement qu'ils s'aperçoivent de l'heure.
Dix-sept heures trente. Les Parisiens devant cesser leur séjour en Bourgogne dès dix-huit heures.

Alors précipitamment les deux tourtereaux se rhabillent et se dépêchent à quitter leur Eden pour marcher d'un bon pas et rejoindre tous les autres. Ils avancent en silence et dès l'accès au portail se séparent pour faire croire qu'ils n'ont pas passé toute l'après-midi ensemble et donc faire taire d'éventuelles mauvaises langues.

Le grand départ

A dix-huit heures trente, la vieille cloche située au dessus de la porte d'entrée sonne pour signifier le rassemblement au parking.
Les cousins chargent leurs bagages dans les deux automobiles. La cousine a salué tout le monde longtemps avant le départ.
Et pendant que chacun se dit le fameux au revoir, Eric prétexte un oubli dans la maison pour grimper à toute haleine jusqu'à la drôle de chambre dortoir.

En refermant la porte, il la rencontre et la serre dans ses bras; il respire son odeur avec puissance, il l'embrasse comme jamais et s'arrache à elle pour la quitter, cette fois-ci réellement et rejoindre la smala.

La porte refermée, elle entend son double s'éloigner; le moteur de la voiture qu'il conduit et des klaxons sur la route qui lui disent Adieu.

Eric part sur Paris alors qu'elle sait qu'elle prendra une direction opposée pour rentrer à Dijon.

Seule dans la pièce, son cœur à la fois déchiré et comblé de l'expérience interdite, elle pleure de toutes les larmes de son corps. Et puis elle se ressaisit car elle doit jouer la comédie de sa vie pour que personne ne devine quoi que ce soit. Elle ne se permettra le rêve et le chagrin que les soirs futurs lorsqu'elle se retrouvera seule dans son lit certaine que les autres dormiront.

Le week-end terminé, chacun reprend ses habitudes.

Une personne aura changé définitivement durant cette période de Pâques : une jeune fille, frêle adolescente dont l'expérience l'a transformée en petit bout de femme.

Retour

Pendant des années, restant gamine dans sa tête, elle fréquen tera inconsciemment des sosies de son premier amant. En effet, de dix-sept à vingt-deux ans, sans le faire exprès, elle rencontrera cinq garçons étudiants de la troisième à la septième année de médecine qui se nommeront tous Eric. Ils seront tous du même gabarit mais ce ne sera que des années plus tard qu'elle comprendra.

Après quinze ans de séparation, les deux premiers amants se retrouvent lors d'un grand mariage à Paris.
Lui, est devenu médecin généraliste; il s'est marié et a deux

enfants. Sa femme présente au mariage semble insignifiante malgré sa gentillesse et son intelligence (médecin également).

En revoyant son cousin, déçue, elle a l'impression qu'il n'a pas grandi. Il lui adresse un sourire ravageur.
Lors d'une danse, Eric l'invite. Il la serre dans ses bras, sent son odeur profondément comme pour se souvenir...

Il va lui chuchoter à l'oreille. Il lui signale que jamais il n'avait pu l'oublier. Il lui confie que depuis leurs jeux interdits dans le fameux dortoir, régulièrement dans son quotidien, il en rêvait. Il sacralisait ce souvenir et pour lui, médecin, marié et père de deux enfants et bientôt d'un troisième, seule comptait réellement cette histoire, sa Cousine.

Il lui fait des compliments sur sa beauté puis à la fin de la musique, ils se séparent. Pendant qu'il rejoint sa femme, Elle, elle se met à rêvasser pour se souvenir également.

Malgré tous ses efforts de mémoire, elle s'aperçoit qu'elle a oublié de nombreux détails. Fière d'avoir ainsi marqué la vie de son cousin, elle trouve que l'histoire interdite est achevée depuis longtemps.
Sans doute y aura-t-il fallu ces retrouvailles pour qu'enfin parmi ses nouvelles relations, il n'y ait plus d'étudiant en médecine portant le prénom d'Eric.

Elle deviendra de plus en plus coquine mais cela sera une nouvelle aventure.

DRÔLE DE P'TITE PESTE

© Solo

Rentrée des classes

En Septembre à Dijon, il fait frais presque froid.
Monsieur et Madame Garcia tiennent un commerce rue de la Liberté, artère principale de Dijon.

De chaque côté de cet axe se trouvent d'une part, une des grandes places de Dijon « Darcy » avec sa porte Guillaume (petit Arc de Triomphe) et d'autre part le Palais des Ducs de Bourgogne.
Le Palais des Ducs et des Etats de Bourgogne fut une simple forteresse adossé au « Castrum », rempart élevé au IIIe siècle contre les invasions barbares.
Il fut reconstruit dès 1366 par le premier des Valois : Philippe le Hardi. Ce Palais s'étend de la Cour de Flore à sa droite à la Cour de Bar à sa gauche. Ces Cours furent la résidence des gouverneurs de la Province. Dijon devenant le siège des Etats de Bourgogne, assemblée des trois ordres (Noblesse, Clergé et Tiers Etat), il fut nécessaire de construire une salle (côté Cour de Flore) pour la tenue des Etats, restaurée entre 1895 et 1896.
De la Place Royale devenue la Place de la Libération, on se trouve face à la Cour Centrale dite Cour d'Honneur. La Tour de Bar (bâtiment le plus ancien) doit son nom à la captivité

de René d'Anjou, Duc de Bar qui y fut enfermé en 1431.
La construction du Palais fut achevée en 1786.
Au premier étage du Logis du Roi (façade principale de la Cour d'Honneur), se trouvent les bureaux du maire et de ses collaborateurs ainsi que les salles de commissions.

Le magasin des Garcia propose à la clientèle de la moquette, du sol plastique (appelé lino), des voilages et tissus d'ameublement, des bulgommes et nappes vendus en métrage et des accessoires.
L'abondance des marchandises est une garantie à la satisfaction de la clientèle.

Nous sommes en 1969 et la famille Garcia se prépare à la rentée des classes.
Claire et Maurice ont quatre enfants. L'aîné Bruno et la cadette Victoire sont les désirés. La troisième Lauren représente un accident et la benjamine Olga, une catastrophe. Bien entendu une fois nées, leur parents les aiment, même s'ils s'absentent pour leur commerce et leurs sorties. De toute façon ils ont une bonne à domicile et d'autres personnes qui les aident.
A l'époque le petit personnel ne coûte pas cher.

L'éducation est stricte mais chacun des enfants est pourvu d'une sacrée personnalité.
Les deux aînés sont proches n'ayant que deux années d'écart.
Quatre années séparent les trois filles.
La petite dernière, Olga absolument non désirée, est attachante avec ses bouclettes sur la tête.

Peu après sa naissance, on a failli l'amputer d'un bras suite à la présence d'un mélanome à l'épaule.
Depuis cet incident, le couple s'est encore plus rapproché de l'enfant d'autant plus qu'elle semble facile, agréable.
Comme le couple passe beaucoup de temps avec Olga, Lauren en est jalouse alors pour se venger, elle invente des histoires pas possibles à la petite. Ajoutons que Lauren qui disposait de la plus grande chambre des enfants doit désormais la partager.

L'unique fils Bruno prépare son entrée scolaire à Saint Joseph chez les frères. Grand pour son âge, maigre avec un nez à grosse bosse et des oreilles décollées, il profite de sa disgrâce pour faire rire.
Il est bon élève et fait le pitre avec ses petits copains. Il a dix ans de plus que la benjamine et les deux petites ne l'intéressent guère. Par contre, il se chamaille avec Victoire qui lui casse régulièrement ses voitures miniatures.
Victoire, mignonne comme tout mais dévalorisée du fait de sa petite taille et des cheveux coupés à la garçonne ne pose aucun problème à l'école Victor Hugo où elle va retrouver ses amies.
Elle est maligne, un peu rebelle et jalouse de Lauren car malgré les quatre ans qui les séparent, elles ont exactement la même taille.
Cela posera un énorme problème dans leur éducation car ce que l'on demandera à l'une sera la même chose à l'autre.

Lauren, jolie avec ses cheveux longs blonds dorés est très

gentille et agréable à regarder mais est rêveuse et surtout bête.
On lui fait tellement savoir sa bêtise qu'elle donne raison à autrui.
Disons que son inintelligence préconisée est en partie compensée par sa beauté.
Sa rentrée sera difficile puisque quittant la maternelle, il faudra trouver un cours préparatoire qui l'accepte.
On essaiera l'école élémentaire des Saverneys à Fontaine- les-Dijon. C'est dans cette localité qu'habite dans une immense maison carrée à deux étages, la fameuse famille: rue des Vignes. Pour accéder à cette école, Lauren accompagnée l'employée de maison, doit emprunter des chemins de terre bordés de merveilleux jardins potagers.

Après une semaine passée aux Saverneys dans une classe divisée en cours préparatoire et en CE1, la directrice convoque les parents de Lauren pour leur signifier le renvoi de l'enfant. Le motif ? Son inadaptation de suivre l'année scolaire.
Pour les Garcia, c'est la panique et ils se demandent quelle école acceptera leur fille.

La solution viendra de la sœur de Maurice qui est une fervente catholique: l'école privée Sainte Ursule située rue Danton à Dijon où se trouve l'église Saint Philibert, en face de la crypte de la Cathédrale Saint Bénigne.
L'église Saint Philibert désaffectée. Construite au milieu du XIIe siècle sur l'emplacement d'une petite basilique méro-

vingienne, elle semble remarquable par la sobriété consécutive à l'art roman. Le décor de sa porte du XVIe et du XVIIIe siècles ouvrant sur la rue Danton est exceptionnel par sa finesse.
Derrière l'école Sainte Ursule se trouve l'église Saint Jean. Elevée de 1448 à 1470, elle reste un témoin important de l'architecture gothique flamboyante.

Cette église deviendra des années plus tard le Parvis Saint Jean où se produiront des œuvres théâtrales. Saint Jean permettra aux élèves dont les classes se situent du même côté d'admirer sa façade.

Sainte Ursule

Sainte Ursule jusqu'en 1972 se compose en école élémentaire et de l'autre côté de la rue, en Collège.
Elle est dirigée par une mère supérieure : espèce de géante aux traits sévères. Le corps enseignant comprend des sœurs et quelques très vieilles filles. Bien évidemment, les élèves ne sont que des filles parées d'un même tablier bleu obligatoire. Un préau reçoit tout le monde et le bâtiment à trois étages avec un sous- sol qui servira de réfectoire après 1972.

Les deux premiers étages sont pourvus de classes, le troisième sert de salle de récréation en cas de pluie, de salle de gymnastique, et surtout de lieu consacré à la messe une fois par semaine où officie un curé

Lauren va tout de suite se sentir à son aise dans ce milieu strictement féminin et va s'y épanouir.

Pour l'instant, ses parents viennent de la déposer en voiture sur le trottoir devant la porte d'entrée de l'école.
En franchissant le pas une semaine après les autres, elle se retrouve face à l'ensemble des petites filles qui l'observe. Au début sa curiosité va vite prendre le pas sur sa timidité. Elle scrute les visages quand soudain, dans le préau, les sœurs sonnent la cloche. Elles font rentrer deux par deux les élèves dans le bâtiment. Chacune suit l'adulte correspondant à l'institutrice d'une classe.

Une sœur entraîne ses vingt-deux élèves dans une grande pièce au premier étage. A l'intérieur, Lauren se sent tout de suite à l'aise. La maîtresse la présente à la classe qui lui souhaite la bienvenue. En guise de table de travail, à cette époque, chaque élève dispose de son propre pupitre en vieux chêne présentant des surfaces plus ou moins marquées par d'anciennes élèves qui ont voulu y laisser leur trace.
Elle choisit sa place un peu au fond de la classe et s'installe au coté d'une jolie brunette qui sera sa meilleure amie pendant cinq ans. Nathalie, qui lui ressemble physiquement, a une voix douce, et semble gentille. En fait, c'est une enfant gâtée élevée par sa grand- mère paternelle.
Ces filles n'auront pas un bon niveau scolaire et souvent elles copieront l'une sur l'autre pour résoudre les problèmes sur l'ardoise.

Les pupitres permettent de cacher plein de secrets et de choses interdites.

Lauren, comme la plupart de ses copines, est demi-pensionnaire et jusqu'en 1972, pour accéder à la cantine, il faut traverser la rue Danton en rang deux par deux puis la cour des grandes toujours accompagné d'une à trois nonnes..
Une fois au réfectoire, debout face à sa place choisie, ce n'est qu'après avoir récité le Notre Père et remercié « le Bon Dieu » à l'avance pour le repas et effectué le signe de croix, que l'autorisation de s'asseoir est donnée.
Une sœur passe de table en table et attend que les filles lèvent une à une leur assiette pour servir un plat qui ne donne pas forcément envie.

Entre midi et quatorze heures, les filles se prennent du bon temps et Lauren en profite pour adopter une personnalité inconnue d'elle jusqu'à présent. En fait, elle est pourvue d'une double personnalité: gentille et bête au sein de la famille et dévergondée à l'extérieur de celle-ci. Il faut dire qu'elle n'en a guère le choix.

Elle partira à l'école tôt le matin, quand les autres s'éveilleront et quittera l'établissement vers dix-sept heures.

L'après-midi à Sainte Ursule passe rapidement car Lauren profite de l'inattention de la maîtresse à son égard du fait qu'elle est nouvelle pour faire connaissance avec ses compagnes.

Satisfaite de sa première journée, la voilà apaisée et sereine quant à la suite de sa scolarisation.

Lorsqu'elle emprunte la porte du matin pour quitter l'établissement, elle fait connaissance d'une dame très recourbée et très âgée qui lui dit venir l'accueillir de la part de ses parents.
Cette Demoiselle qui porte la gentillesse en elle, dit qu'elle a bien connu son frère Bruno puisqu'elle lui enseignait différentes matières lorsqu'il était petit.
Cette institutrice retraitée l'emmène chez elle pour lui donner des cours particuliers. Ensuite, la vieille dame la raccompagne jusqu'au magasin des parents les deux premières années.

A presque huit ans, Lauren rentrera seule et elle en profitera!

Le commerce de décoration véritable bric à brac est au cœur de la ville. La petite s'y amusera en attendant la fermeture pour rentrer avec ses parents en voiture à la maison.

Comme le soir lors du diner, il est interdit aux enfants d'ouvrir la bouche sous peine d'une baffe aller retour ou carrément de dérouillées, chaque jeune a hâte de quitter la table pour rejoindre sa chambre.
Le jeudi constitue le jour de fermeture des écoles alors on en profite pour faire faire du sport aux enfants et pour la famille Garcia ce sont des cours collectifs de tennis qui seront pratiqués.

La semaine scolaire se terminant le samedi à midi, Lauren va faire de la danse classique l'après-midi au Grand Théâtre de Dijon.
Il s'agit d'un Théâtre construit en 1826 dont l'aspect extérieur ne paie pas de mine, mais dont l'intérieur de style italien semble somptueux. En effet, il est doté d'une salle semi circulaire avec trois étages dont le décor fut l'œuvre de Ciceri (célèbre décorateur de l'Opéra de Paris).
On peut y admirer les lustres en cristal de Murano datant de 1900 dont le principal situé au plafond fait deux mètres soixante dix de diamètre sur un mètre de hauteur et comprenant deux milles tubes de verres de Venise.

Pour accéder à l'école de danse du Théâtre, il faut se diriger à l'arrière du bâtiment.
Après avoir emprunté quelques hautes marches d'escalier, il faut sonner. Un gros bonhomme ouvre difficilement la lourde porte et demande « patte blanche » : c'est le concierge dont la loge jouxte à gauche l'entrée des artistes.
Les danseuses disposent d'un grand vestiaire sur la droite du hall. Pour danser, face à la lourde porte d'entrée, il faut monter au premier (l'entresol correspondant à l'arrière de la scène) et pénétrer un espace très ancien pourvu d'un piano au fond, d'un immense miroir principal et de double barres de danse habillant les murs alentours.

Le succès du Grand Théâtre vient du fait que l'on y joue essentiellement des opérettes attirant la bourgeoisie dijonnaise depuis des années.

Avec des semaines aussi chargées (seule sur les quatre autres à être demi-pensionnaire), la fille a l'impression de côtoyer très peu sa famille. Cela l'arrange en fait car autant elle s'émancipe à l'école, autant elle conserve son caractère renfermé dans le cocon familial.
De plus, chaque week-end, elle reçoit une sacrée dérouillée souvent pour une bêtise dont elle n'a pas conscience. Et puis ce ne sont pas de petites dérouillées: une fois, un coup de poing ou de ceinture, une autre fois, la cravache qui lui laisse des bleus partout. Cela énerve son parrain qui avec sa femme (meilleurs amis des Garcia) n'acceptent pas l'évidence et disent pour rien à leurs copains d'arrêter d'imaginer que Victoire et Lauren aient le même âge.

Inconsciemment pourtant Lauren s'effacera de plus en plus avec le temps. Et souvent le dimanche, elle passe son temps seule, cachée à espionner les autres ou derrière un fauteuil regardant la télévision même en plein été.

Les soirs de semaine, elle fait de même. Une fois mise au lit, elle descendra doucement du premier étage et profitant d'une porte entrouverte regardera le film en cachette. Maligne, elle remontera vite dans sa chambre avant le générique de la fin et fera semblant de dormir.
Une fois tout le monde couché, sa sœur en plein sommeil, elle se place entre les deux lits allumant la radio et fait des exercices d'assouplissement, puis danse jusqu'à parfois trois heures du matin. Pour éviter de réveiller Olga et tout risque, elle baisse le son du poste.

Elle ne s'échauffe pas vraiment, désirant progresser rapidement, elle préfère ne pas ménager son corps.
Elle commence par des écarts entre les deux lits en forçant jusqu'à réaliser un écart parfait tout en faisant l'écrasement facial. Debout, alors qu'elle ne dispose que de peu de place, elle s'entraîne pieds nus sur demi pointes à faire des tours avant, arrière, des double tours, des tours arabesques et des coupés fouettés.
Elle transpire souvent et quand elle se sent au bord de l'évanouissement, seulement, là, elle décide de se reposer.
La cadence est régulière et même si cela s'effectue au détriment des études, on peut dire que des progrès pharaoniques sont réalisés au Théâtre puisque dans son cours de classique hebdomadaire, placée devant, elle pratique sa danse avec des filles âgées de seize à vingt-deux ans:
Son Don est dans ce domaine-là!

En route pour la liberté

Réveil à partir de six heures trente pour être à l'école à neuf heures. Il faut dire que celle-ci est loin du domicile alors, pendant que tout le monde dort encore, la jeune fille se dépêche pour être prête dans les temps.
Elle n'oublie pas l'immense parapluie cloche de sa mère qu'elle ne quitte jamais et l'argent de poche donné la veille pour s'acheter un goûter mais qui servira à acheter des bonbons.
Après avoir longuement parlé et embrassé les toutous (des

cockers fauves), elle quitte la maison avec un sentiment grandiose de liberté.

Durant le long trajet à pied pour joindre une station de bus, elle ouvre le parapluie et chante à tue tête en passant exprès dans des espaces étroits et élevant la voix sous les fenêtres de divers habitants inconnus. Elle se sent pousser des ailes. Elle saute à cloche pied et une fois dans le bus, joue la comédie à autrui: quel culot! Elle s'amuse toute seule, raconte des histoires aux gens et parfois les insulte. Elle imagine leur réaction intérieure: Quelle jolie méchante impertinente petite fille! Elle mériterait des claques.
S'ils savaient...

Après le bus qui la dépose au centre ville face aux Nouvelles Galeries, elle marche empruntant la rue Bossuet qui mène à la place Saint Jean et donc à proximité de l'école. En s'approchant de la rue Danton, elle tombe sur des filles de sa classe. Parfois, des Nouvelles Galeries, elle passe par la rue du Chapeau Rouge qui mène à la Cathédrale Saint Bénigne mais coupe son trajet en se faufilant dans une étroite ruelle qui accède à la rue de son école. Elle rencontre d'autres filles.
Elle en est ravie car ces filles sont les seules personnes qui l'intéressent. Avec les élèves de sa classe, elles forment sa véritable famille et comme elle leur semble bizarre, elles l'adoptent ou plutôt elles l'aiment. Elle les fait tant rire! Cela ne fait que commencer...

La cloche sonne, il faut y aller!

Au début elle se montre assez sage car elle va dans l'inconnu. Curieuse, elle observe aussi bien la sœur qui va n'instruire pour sa première année que les filles.
Elle les trouve belles, attentives et gracieuses. Elle essaie de deviner lesquelles seront ses meilleures alliées. Deux grandes élèves, une blonde et une brune, debout côte à côte semblent avoir des personnalités similaires. Longilignes avec un joli port de tête, ces filles paraissent sages, attentives et surtout pieuses. Elles sont proches de Jésus d'après la conviction qu'elles montrent à effectuer chacune des prières touchant d'une main leur croix superbe autour du cou.
Avant de s'assoir, il faut en attendre l'autorisation et celle-ci n'est donnée qu'une fois le *Notre Père* récité.
Lauren ne connait pas les prières, la sœur lui fait les premiers gros yeux.
L'élève hausse les épaules.
Première punition : apprendre par cœur la prière pour le lendemain et faire au coin une cinquantaine de fois le signe de croix en disant *AMEN*.
Face au mur, énervée, la fillette chuchote en se rebellant pour la première fois. Elle sait qu'elle ne pourra pas apprendre le texte rapidement et en plus il n'est pas question pour elle de changer ses habitudes du soir.

A dix heures trente, tout le monde quitte la classe pour joindre le préau et profiter du quart d'heure de récréation. Ce moment fort apprécié permet aux filles de faire connaissance et Lauren munie d'une grosse et longue corde prise à la boutique de ses parents fait sauter une bonne partie de sa classe.

On s'amuse, rit, crie et saute jusqu'à perdre haleine. L'ambiance est au comble et désormais toutes les filles viendront systématiquement auprès de Lauren qui saura les amuser.

Jusqu'à midi, le temps passe vite. La responsable du réfectoire s'occupe des élèves de l'école élémentaire. S'occuper semble un bien grand mot. En fait, ce petit bout de sœur qui ressemble à une grosse boule et équipée de petites lunettes rondes à verres épais lui font des yeux globuleux fait plutôt office de policière.

Son nom est sœur Marie-Pauline mais d'emblée Lauren la surnomme la Popo. Tout le monde l'appellera ainsi. La chipie la trouve odieuse lors du repas sans compter qu'elle l'oblige toujours à manger. Alors dès qu'elle lui tourne le dos, elle triche et échange son assiette avec une boulimique.

Marie-José Barthez admire Lauren et prétend danser elle aussi. La coquine se moque bien de cette petite grosse. Plus elle est odieuse et menteuse avec cette fillette, plus on a l'impression qu'elle en réclame davantage.

Enfin, les filles se lèvent de table et quittent la cantine.

Avant la reprise scolaire, les externes se mêlent aux autres et Lauren accapare deux ou trois filles pour leur raconter des histoires inventées. Elle joue les divers personnages et s'inclut souvent dans le conte pour surprendre un auditoire de plus en plus important. Comme elle a du chien et y met le ton, elle attire.

Quatorze heures.

La cloche sonne, il faut rentrer en classe et avant de s'installer, l'institutrice reçoit la Popo qui, après avoir soufflé dans un espèce d'harmonica rond sortant trois sons, dit aux élèves situées derrière leur pupitre, penchées en avant les bras en bas avec des petites mains touchant le sol : NOUS... sur le ton que nous chantons...Et chacune doit se redresser en chantant de bas en haut NNN NOU OU OUS... Cet épisode quotidien durera cinq ans et fera rire toutes les filles même les plus pieuses et studieuses. L'après-midi s'écoule tant bien que mal, entrecoupée du quart d'heure de détente.

Dix-sept heures.
La cloche arrêtant la classe sonne à tue tête et Lauren rejoint la vieille dame qui l'attend à la sortie.
Mademoiselle Pinègre a le cœur sur la main. Seule, âgée et voutée, elle s'attache à la jeune fille dont la beauté la surprend. Madame Garcia lui a demandée de s'occuper de l'enfant et de lui donner des cours particuliers le soir après la classe.
La demoiselle s'arme de patience pour expliquer les bases de connaissance mais s'attendrit sur le manque de compréhension de la petite. Cette dernière fait des efforts pour faire plaisir à la dame mais il n'y a rien à faire. Malgré son acharnement, elle ne comprend rien, ne retient rien et cela durera...
La vieille damoiselle habite au centre ville, rue Pasteur mais assez loin du magasin.
L'intérieur de son logement où elle essaie d'instruire l'enfant est à son image. Tout est sombre, vieux et des étagères ornant tous les murs abritent de vieux livres et plein de petits objets qui fascinent Lauren.

On a l'impression que tout vit dans cette pièce principale où trône une table ronde en bois usé qui mange la petite surface. Il reste peu de place pour s'installer autour de cette table d'études. La Vierge Marie domine un chapelet et la demeure respire la tranquillité.
Lauren s'y sent bien à moins que ce ne soit la présence de la femme gentille qui l'apaise. Elle voit bien que l'ancienne institutrice se donne du mal pour elle. Elle devine sa tendresse et la lui rend par des regards aimants mais aussi plaintifs concernant ses difficultés à réussir.
A la fin de la séance, Mademoiselle Pinègre la ramène à sa mère comme tous les soirs.

Au magasin, elle converse un cours instant avec la patronne puis quitte l'endroit respectueusement, humblement.
Pendant la demi-heure avant la fermeture, la petite a de quoi s'occuper. Le magasin grouille de personnel. Trois vendeurs s'occupent des clients chacun un mètre à la main. Les pièces de rideaux sont déballées sur plusieurs comptoirs et après avoir procédé au métrage nécessaire d'une des pièces choisies, il faut passer à la découpe. Un poseur de moquette et un autre de tringles à rideaux, font des va et vient. Ils en profitent pour prendre du bon temps avec la fille. Mais « il y a du boulot » alors pas de temps à perdre et la petite s'amuse à se cacher pour visualiser tout le bazard. Entre les clients, amis, banquiers, comptables et vendeurs d'une part, et les ordres, diverses coupes et vacarme d'autre part, Lauren s'évade pour trouver d'autres petits coins.

A l'étage, on assiste à un véritable spectacle et la ch'tite apprécie la bonne grosse tapissière qui avec deux apprenties couturières s'affaire à la tâche. Elle trouve l'employée brave, obéissante mais drôle toujours à ronchonner.
L'ambiance est géniale car la grosse dame revendique constamment sur sa surcharge de travail en grognant et se rabaisse lorsque la patronne l'appelle en gueulant. Elle donne un aimant en forme de fer à cheval à Lauren qui s'amuse à ramasser les épingles tombées de la grosse banque recouverte d'un dessus de lit à volants et d'un polochon en satin vieux rose, le tout faits maison.
Elle utilise le fer à cheval et dès qu'elle en a marre des épingles, elle fait semblant de continuer.
Sous la table à découpe, elle découvre des trésors. Elle a l'embarras du choix et pour commencer, elle pique de quoi faire un immense élastique. Elle se sert en anneaux de rideaux en guise de bagues de fiançailles.
Et puis ici comme au rez-de-chaussée, c'est la caverne d'Ali Baba avec toutes ces chutes de voilage, de tissus, de moquette, de crylor (l'ancêtre de la fausse fourrure).
Comme tous les travailleurs sont très occupés, que le commerce prospère, elle met régulièrement dans son cartable ces quelques biens qu'elle donnera à la récréation.

Dix-neuf heures.
A la fermeture, pendant que tous les ouvriers saluent niaisement la patronne, le père Garcia rentrant de chez une cliente avec un poseur installe la fourgonnette sur le trottoir face à la boutique. Comme la rue de la Liberté est à double sens,

l'estafette gène forcément la circulation dense. On assiste à une mélodie de klaxons, de hurlements…Il faut se hâter ! Les ouvriers déchargent le véhicule.
Des instructions sont données pour le lendemain et chacun rentre chez soi.

A peine arrivée à la maison accompagnée de ses parents, Lauren monte dans sa chambre ranger ses petites affaires et mettre son pyjama.
Deux à trois fois par semaine, le couple Garcia se prépare à sortir taper le tarot avec leurs meilleurs amis. Ils donnent quelques ordres à la bonne portugaise qui fait souper les quatre enfants dans la cuisine. Ils les embrassent et claquent la porte d'entrée. Les deux dernières pleurent après leur départ. Lauren se sent frustrée. Elle semble déçue du manque de câlin dont elle a besoin.
On va vite lui changer les idées grâce au jeu que s'est inventé le groupe d'enfants: faire le dromadaire à quatre. Bruno à quatre pattes porte Lauren sur son dos; Victoire fait la tête de l'animal et Olga trottine devant en poussant des cris. Comme la demeure a la forme d'un carré, les tours effectués sont tels des tours de manèges.
Parfois, il s'écroule et les petites rient très fort.

La bonne, usée de sa journée harassante, hurle au bout d'un moment pour que tous aillent au lit. Les enfants n'obéissent pas, préférant faire durer la plaisir. Bruno aime énerver la bonne, il lui arrive même de lui toucher les seins. Elle rétorque à ces gestes par des Oh Ah Oh lala…Une complicité

naît entre eux deux.
Au bout d'un moment c'est donc l'aîné qui cesse le jeu et ordonne à ses sœurs d'aller se coucher.
En fait, les mômes Garcia prennent l'habitude des sorties des parents et d'ailleurs s'en arrangent pour faire la fête en faisant également participer la bonne. Ces soirées sont décidément plus marrantes que celles ou l'on doit se taire devant les informations puis vite quitter la table pour rejoindre sa chambre.

Tous les samedis, chaque enfant fait signer son bulletin scolaire.
Celui de Bruno semble toujours valorisant. Victoire se fait disputer car on la trouve très torchon bien que ses notes soient dans la bonne moyenne.
Quant au bulletin de Lauren, ce dernier laisse à désirer... Il est parsemé de zéros dans plusieurs matières et pourtant des encouragements existent.
Pas de bulletin pour Olga qui s'amuse à l'école maternelle.

En dehors de son cours de danse classique, Lauren n'aime pas les samedis. Bien souvent elle reçoit une dérouillée pour un oubli de cartable au marché (chaque samedi midi après l'école et son retour à la boutique, elle accompagne sa mère ainsi qu'une aide cuisinière en courses pour les provisions du week-end) ou pour avoir prononcé des gros mots en ramassant les crottes de chiens après le déjeuner. Lorsque ce n'est pas une correction, elle reçoit une punition du style copier cent fois : « Je ne dois pas dire de gros mots ». Elle écrira ces pages toujours devant le petit écran. De toute façon même ses devoirs seront réalisés devant les Mystères de l'Ouest, Les Envahisseurs, Amicalement Vôtre... Quasiment dire qu'ils ne seront pas faits. Quant aux leçons à retenir…mieux vaut ne pas en parler.

Les semaines, les mois, les années passent et peu de changement s'opèrent si ce n'est... à Sainte Ursule.

Retour à l'école Sainte Ursule

A Sainte Ursule, les institutrices changent chaque année.
Lauren accumule son retard scolaire depuis le cours préparatoire.
Un jour, Claire Garcia dira « Je dois toujours me prostituer » pour qu'elle ne redouble pas d'année en année. La fillette n'a compris le sens du mot que bien longtemps après.

Le réfectoire a lieu désormais au sous-sol du bâtiment et sœur Marie Pauline se donne des aspects de plus en plus rigides.
Elle se voûte et pour Lauren, la Popo c'est quelque chose!
Elle lui fait les quatre cents coups. Une fois, à la cantine, alors qu'elle continuait à la forcer à se tenir à table convenablement et à manger, la coquine se venge. Attendant le moment opportun (que la sœur quitte la table pour servir les autres), elle lui fait un croche pied bien ciblé et ultra rapide. La Popo qui portait un plat lourd de raviolis à la sauce tomate tombe brusquement sur le carrelage blanc. Etalée au sol, le

plat renversé au bout de ses bras, le rouge s'éparpille. Ses lunettes à double foyer rondes qui lui font des yeux énormes lorsqu'elle les porte ont été projetées au loin à droite.
Elles lui manquent et ses yeux sont devenus microscopiques. N'y voyant rien, avec ses mains dodues, elle palpe le parterre poisseux dans tous les sens. C'est une faillotte qui les lui rend. Une fois qu'elle les retrouve sur son nez, à la fois furieuse et honteuse, sans compter la sauce tomate qui salit l'habit, la Popo prend le temps de se relever sous le regard ébahi des élèves puis quitte le réfectoire en grognant.
Une fois cette dernière absente, les petites filles qui n'osaient bouger d'un poil lors de l'évènement, éclatent enfin de rire. Rares sont celles qui ont été témoins du croche-pied. Lauren a été rapide et discrète en passant à l'acte. Pour les coquines, seule compte la chute! La scène fut comique: ce gros de petit bout de femme écroulée de tout son poids et le fracas du plat et des couverts sur le sol carrelé sans compter les raviolis et cette sauce rouge projetés haut dans l'espace!

L'ambiance s'arrête net au retour de la sœur.
Nettoyée, conservant des auréoles rouges sur son aube noire, elle ordonne des explications qu'elle n'obtient point.
Alors elle se dit probablement que c'est elle qui a butté ou glissé sur quelque chose.
Silence !
Elle ne reviendra plus jamais sur l'incident...

Et puis, le N O U OU OUS quotidien de quatorze heures permet à Lauren d'en profiter pour faire différentes voix co-

miques. Elle a le don du grave comme de l'aigu. Elle s'amuse à imiter les animaux ce qui fait rire l'assemblée exceptée la musicienne (avec son harmonica).
Un jour, la petite peste s'en prend à l'ensemble du corps enseignant lors d'une leçon de catéchisme avant la Noel.
Croyant profondément au Père Noel, elle ne supporte pas la manière dont l'Eglise Catholique fête l'évènement. Alors une année, n'en pouvant plus, elle pique une crise et hurle à tue tête que Jésus n'existe pas. Au fond d'elle, en fait, elle ne sait plus quoi trop penser.
Elle profite de l'état de surprise pour exagérer son comportement afin que toute la classe cesse et que tout le monde se retrouve dans la cour. Les bruits ont alerté les autres classes qui se sont donc mobilisées à l'extérieur.
Lauren provoque comme une hystérique les sœurs et vieilles filles qui l'encerclent en priant. La peste osant quelques clins d'œil à ses amies de classe continue à jouer la comédie jusqu'à ce que la cloche sonne la fin de la journée. Elle s'assagit d'un seul coup.

Les sœurs s'imaginant que leur prière a porté ses fruits respirent: elles ont délivré la petite! Merci Seigneur!!!

Les scènes de provocation se succèdent et s'intensifient avec le temps.

L'apothéose: le CM2

La plus vieille fille du corps enseignant de l'école instruit cette dernière classe.

Grande, mince et tellement fripée que l'on ne lui donne plus d'âge. Elle est gonée comme quatre sous avec sa longue robe grise kaki délavée allongeant sa silhouette déjà filiforme. Elle fait tellement pitié que l'on lui donnerait la pièce. Spécifions qu'avec sa voix rocailleuse et basse, dans sa petite bouche qui se moue difficilement, les sons de la Vieille ont du mal à parvenir à l'oreille de l'auditoire. De cette situation, l'impertinence de Lauren s'émancipe.

Au CM2, nous sommes en 1974 et Valéry Giscard d'Estaing vient de remporter les élections présidentielles. C'est un homme jeune et sportif qui plait aux Garcia et donc à Lauren. C'est à cette époque également que Maurice et sa femme ont investi dans une belle maison de campagne.

Un samedi, Lauren part dans la voiture des meilleurs amis des Garcia pour découvrir la propriété.
Fabienne, leur fille âgée de 12 ans, passionne la friponne, jolie et vêtue comme un cœur. Son ainée d'un an et demi semble non seulement intelligente mais on pressent qu'elle détient une sacrée personnalité.
Ce qui fait qu'à son âge, elle fréquente autant de garçons que de filles, elle va aux booms et fume en cachette. Elle est dotée d'un visage rond avec un petit nez et d'une bouche ravissante cachant des dents disposées joliment.

La fille semble bien dans ses baskets malgré le fait qu'elle se dispute souvent avec son frère ainé. Lauren admire ses cheveux longs blonds et sa grosse frange.

Pour se rendre à la maison de campagne des Garcia située à Thorey-sur-Ouche, il faut tout d'abord quitter Dijon direction Plombières. De là, on prend une portion d'autoroute jusqu'à Pont de Pany. Il reste à parcourir une vingtaine de kilomètres sur une départementale longeant l'Ouche.
Arrivés dans le village, lentement les Thomas cherchent l'endroit et stoppent soudainement derrière une petite porte en fer forgé située le long de la départementale.
Quelle stupeur pour tout ce petit monde ! Cette porte située entre deux hauts murs de pierre dispose outre une énorme serrure, une clochette dont on doit tirer la chaîne afin de faire sonner une grosse cloche pendue au dessus à gauche de la porte d'entrée.
Pierre ouvre la porte au moyen d'une clé lourde et longue comme il en existait dans le temps.
C'est alors que les fillettes se faufilent en courant pour découvrir un immense domaine en friche avec partout des coins et recoins. Rien que de faire le tour de la maison rose, il leur faut du temps. Ils hésitent encore à s'en éloigner. Le jardin ne les rassure pas.

L'ancienne demeure du médecin du village devient la maison des copains, du week-end, des vacances pour les enfants…du Bonheur pour tous.
Désormais, tous les moments hors du travail se passent à la campagne.

Chaque couple ami des propriétaires dispose et arrange sa propre chambre. Les enfants sont regroupés dans un immense dortoir abritant deux lits et de larges plaques de mousse dense de douze centimètres d'épaisseur. Il s'en passera des choses dans ce fameux dortoir !

La demeure étant restée longtemps inhabitée depuis le décès du docteur, ses affaires personnelles y sont restées: seringues anciennes, vieux livres et illustrations et surtout des ossements humains qui lui servaient probablement.
Les plus grands enfants des copains vont s'en amuser notamment avec cette quinzaine de crânes avec ou sans couvercle. Ils y mettent de petites bougies pour effrayer femmes et gamines.
Lauren plus sage que les autres observe et admire. Dès qu'elle le peut, elle s'éloigne du brouhaha.

Lors des grosses fêtes comme les réveillons de fin d'année, la maisonnée se remplit jusqu'à trente, cinquante et plus de copains.
On utilise des planches et des tréteaux en guise de table. Les enfants toujours séparés des adultes se retrouvent à manger dans la salle de bain, la cuisine et l'immense hall.
La sublime et très vaste cave sert de pièce à repas aux adultes qui souvent costumés, ivres et excités réveillonnent à tue tête.
Lauren curieuse et spectatrice marque ces images dans sa petite caboche. Tout ce dont elle observe, participe largement à la faire toujours plus rêver et à créer de futures histoires.

Les week-ends passant comme un éclair, les lundis semblent quotidiens pour certaine friponne.

En effet, ayant passé un week-end mouvementé mais où la curiosité de la petite s'est émancipée - ne serait-ce qu'en observant les différents comportements des couples en public et des secrets inavouables en cachette car gentille, effacée et discrète, elle n'a pas hésité à espionner des personnes qui à l'abri des regards frôlaient l'interdit - il lui parait difficile de retrouver l'autorité de l'école.

Les tablées, les cris de joie ou de larmes, les fracas de vaisselle, les discours interminables des adultes, les disputes ont stimulé son imagination.

Chaque dimanche soir, il faut plier bagages et se dire au revoir : dernières embrassades, ultimes plaisanteries.
Destination Dijon.

Une fois rentrés, on se prépare à recommencer la semaine et pour les enfants Garcia, quel calvaire !
Préparer son cartable, vérifier les devoirs et penser à sa tenue du lendemain.

Mis à part retrouver les contraintes scolaires (horaires, discipline, recommandations de la maîtresse), Lauren se fera un plaisir de danser et d'émerveiller ses copines avec des histoires à n'en plus finir.
Et puis ses rendez-vous de danse classique au Théâtre de Dijon l'enchantent à l'avance.
Elle sait qu'avec tous ces moments nocturnes, quand toute la famille dort, elle travaille ses tours piqués et sa barre. Son

professeur de classique est stupéfait et ravie de constater ses progrès rapides.
En danse, on la place devant des grandes (qui ont entre 15 et 22 ans) car elle doit montrer les enchaînements aux autres qui la suivent admiratives.
En classique, c'est la plus petite car la plus jeune et la plus douée. Bizarrement, Lauren n'a aucune mémoire pour ses leçons à l'école alors qu'elle retient du premier coup tous les pas de danse.
En dansant, elle est dans son élément et fière. Elle vit tellement et uniquement autour de sa passion qu'elle profite de la moindre occasion (lors de fête ou d'anniversaires) pour se donner en spectacle.
Elle aime qu'on la contemple : elle sent à cet instant qu'on l'aime pour autre chose que sa beauté.

Mademoiselle Pic enseigne le CM2. Elle porte bien son nom Pic comme un Pic, un sommet longiligne pointu, austère.
Elle manque de confiance en elle et ne dispose d'aucune autorité face à l'auditoire.
Pratiquante catholique, elle n'hésite pas à interrompre ses cours pour dire des Mon dieu et faire le signe de croix.

La très vieille fille aura recours à la Popo et à la Directrice d'école pour promener les jeunes demoiselles deux après-midis par semaine.
Ces balades représentent une bouffée d'oxygène pour toutes. Pourtant celles-ci semblent affreusement longues pour les petites jambes des élèves.

Les sorties se font en rang deux par deux et souvent certaines prennent plaisir à traîner en ramassant des feuilles, des châtaignes ou des pommes de pin. Elles se font rappeler à l'ordre par les agacées.
Ces promenades se font chacune dans des directions opposées.

Lorsqu'elles se rendent au parc de la Colombière, le chemin semble interminable. Pour s'y retrouver, elles passent par la rue Pasteur (Lauren pense alors à Mademoiselle Pinègre qu'elle sait retrouver le soir pour ses cours particuliers) ; elles passent par la place Wilson et empruntent ces longues allées du Parc.
C'est en 1671 que la ville fait établir le Cours du Parc long d'un kilomètre et doublé d'allées collatérales ombragées de tilleuls, de marronniers, d'érables et de frênes. L'entrée du Cours du Parc (Place Wilson) est marquée par deux majestueux piliers couronnés de vases à guirlandes.
Tout en marchant, les filles veulent tout savoir ce que raconte la chipie qui joue la comédie et fait l'imbécile de façon à ce que l'exercice physique semble moins long.

Au fond des Allées, se dresse au dessus d'un portail grandiose une pancarte sur laquelle est inscrit : Parc de la Colombière.
Ce parc fut acquis par Dijon après la Révolution. Il dispose d'une allée centrale menant de la grille d'entrée au bord de l'Ouche et de seize allées rayonnant en étoile à partir d'un rond point central et recoupées par une allée octogonale.

En pénétrant le parc, le public admire les six milles vieux arbres feuillus et un temple d'Amour du XVIIe provenant du château de Bierre-les-Semur, que le chanoine Kir fit remonter là.

Arrivées au fond du parc, les filles sont enchantées par l'aire de jeux et les enclos animaliers.
Les sœurs et l'institutrice se reposent enfin, laissant les petites jouer.
Cet endroit devient un paradis pour les filles qui n'ont au sein de l'école qu'un petit préau comme espace de divertissement notamment depuis que les bâtiments du collège ont fermés leur porte.
Lauren s'entraîne à différents exercices d'équilibre en grimpant sur des troncs d'arbres. Elle s'exhibe et les gamines veulent l'imiter sans le succès estompé.
La souplesse de la jeune fille épate. Cela l'aide à accéder à des branches sur lesquelles elle exécute le pendu tout en se balançant.
Lorsqu'elle entraîne les autres à contempler les cochons, singes et volailles, elle s'applique à les imiter. Cela fait bien évidemment rire l'auditoire.
A force d'excitation, les bêtises s'accentuent jusqu'à ce que l'une des accompagnatrices rappelle à l'ordre les petites au moyen d'un sifflet identique à ceux qu'utilisent les gendarmes. Elles doivent se ranger deux par deux et se préparer à quitter ce petit coin de paradis. Pour faciliter leur retour au bagne, elles se mettent à chanter.

Lorsqu'elles ne se rendent pas au Parc de la Colombière, elles prennent la direction opposée qui mène au Jardin d'Arquebuse, ensemble paysager et pédagogique exceptionnel s'étendant sur cinq hectares et demi dont deux sont consacrés au jardin botanique. La partie la plus spectaculaire de l'Arquebuse (c'est en 1543 que les chevaliers de l'Arquebuse s'installèrent à cet endroit) est formée de quatre grands carrés subdivisés en soixante-dix planches bordées de buis. Y sont cultivées trois mille cinq cents espèces indigènes ou exotiques bien répertoriées. Un enclos à part est consacré aux plantes médicinales.

A l'Arquebuse, les pelouses sont fleuries et un théâtre de verdure participe au décor. On apprécie une petite île ou se trouvent des cygnes et des canards.

La promenade semble plus courte. De la rue Danton, les fillettes prennent la direction du Parvis de la Cathédrale Saint Bénigne édifice gothique très élancé, puis elles s'orientent rue Mariotte. Au bout de celle-ci, en prenant à gauche et passant sous la voie ferrée, elles tombent face au Musée d'Histoire Naturelle et au jardin.

Avant de se balader au beau milieu des fleurs, elles doivent faire une halte au Musée pour étudier l'exposition.

Les élèves font semblant d'être attentives ; en fait, elles rêvassent tout en ne bronchant point de façon à ce que la visite soit la plus brève possible.

Une fois sorties du musée, elles se libèrent en parlant, en chantant. Le jardin d'Arquebuse présente un terrain de jeux pour enfants et sur le parcours, les petites découvrent des écureuils.

La promenade dure l'après-midi entière et lorsqu'elles rentrent, elles savent que la cloche indiquant la fin de la journée va sonner.

A la sortie de l'école, Mademoiselle Pinègre n'attend plus la petite. Cette dernière ayant grandi, elle est apte à parcourir les rues dijonnaises seule.
Elle retrouve ainsi une liberté, SA LIBERTE.
En allant prendre son cours du soir, elle s'amuse à prendre différentes directions et en profite pour faire du lèche vitrine, traîner, rêvasser et choisir la boulangerie qui assouvira sa gourmandise. Souvent, la marchande lui offre une petite douceur.
Ses cours particuliers sont un rituel auquel elle doit se fléchir.

Lorsqu'elle quitte la vieille femme pour s'en retourner au magasin, l'idée lui prend d'aller saluer son oncle Jacques qui tient une boutique de voilage et de dessus-de-lits située en haut de la rue du Bourg.
Cet oncle dont elle craint un peu la voix forte est un très bel homme déjà veuf avec deux filles douées dans leurs études.
Lauren sait qu'il l'aime alors elle profite de se faire gâter en bonbons et en petites pièces. Lui est fier de la beauté de sa nièce et la présente aux voisins commerçants en la surnommant Cath'rine Deneuve.
Ensemble, ils retrouvent la mère Garcia (sœur de Jacques) rue de la Liberté.

Souvent l'Oncle Jacques ramène la mère et la fille à Fontaine

où il se fait volontiers inviter à manger notamment le samedi midi.
Installée dans une belle DS, Lauren écoute les deux frangins hausser le ton à propos de la bourse et surtout d'un agent de change margoulin qui aurait fait disparaître des lingots appartenant à la sœur.

Régulièrement, l'Oncle Jacques se pointe le midi rue de la Liberté avec, à la main, un sac en plastique blanc contenant sa viande. Il salue la frangine longuement et comme elle connait le phénomène et sa solitude, spontanément elle lui dit « Espèce de grand con, arrête ton char ! Tu viens manger chez nous ».

Lorsque passant devant le magasin de son oncle, elle le voit occupé avec des clientes, elle se permet une promenade pour aller caresser la Chouette rue de la Chouette dont le nom date du Moyen Âge et fait référence au petit rapace nocturne sculpté au flanc de l'église Notre Dame. Ce petit animal est supposé porter chance et chaque année des milliers de touristes viennent le caresser en formulant un vœu.
Comme la coquine est trop petite pour toucher la Chouette, elle saute de toutes ses forces pour l'atteindre et la caresser de la main gauche.
Elle formule un vœu qui sera à chaque fois différent.

En classe, Lauren cache ses trésors dans le pupitre. Comme elle a accentué son retard scolaire depuis le cours préparatoire, l'incompréhension totale des leçons fait que trouvant les heures longues, elle ne peut s'empêcher de trouver matière à distraire autrui, à se divertir.

Toutefois, elle ne peut ni ne veut soustraire ses amies de l'enseignement. Elles sont très attentives et bonnes élèves.

Alors elle patiente jusqu'au moment où l'austérité du cours l'insupporte.
Parfois, elle cogite la bêtise mais le plus souvent c'est de façon spontanée qu'elle intervient. Elle interrompt la vieille Pic lui disant qu'elle ne comprend rien de son discours et joue à répéter les répliques qui lui sont destinées en se moquant. Lauren imite l'institutrice en la caricaturant. L'échange dure et la timidité de l'enseignante fait que la chipie a le dernier mot.
La classe au départ choquée par l'attitude culottée de la fillette, se met à pouffer de rire longuement jusqu'à ce que la cloche sonne.
A certains moments, c'est la Pic qui sollicite la gamine en l'interrogeant sur la leçon du jour. Elle s'en mordra les doigts ! En effet à la demande de la maitresse, Lauren se lève et prenant tout son temps dit des Oh ! Ah ! Euh !!! avec une forte tonalité.
En fait, elle ne sait jamais ses leçons n'ayant pas pu les apprendre.
Elle a pourtant fourni des efforts ne serait-ce que pour faire plaisir à Mademoiselle Pinègre lors des cours quotidiens particuliers.
Mais à force de constater aucun résultat, elle a baissé les bras

et cela depuis le cours préparatoire.

Nous sommes en CM2, inutile de préciser la dose de retard et d'incompréhension accumulées avec les années.

Lauren entrouvre son pupitre régulièrement. Elle s'approprie un chausson de danse, une poupée de chiffons offerte par une élève toute ronde qu'elle fait si souvent rire, des bonbons qu'elle distribue à ses voisines en cachette et des tas de babioles piquées au magasin. Grâce à tout son fourbit, le temps passé en classe lui semble moins long. Disons qu'elle s'occupe !

Maintenant qu'on la considère comme une grande (elle a dix ans), désormais le soir après son cours particulier, elle rentre directement au domicile en bus et à pied. Elle ne côtoiera l'Oncle Jacques que le samedi midi.

Mais elle profite largement de cette liberté pour traîner et rentrer tard le soir. Elle s'arrange pour être de retour juste avant l'arrivée de ses parents.

Son culot lui permet de rentrer dans certaines boutiques de prêt-à porter féminin afin d'essayer ce que bon lui semble et faire tourner en bourrique les vendeuses.

Elle apprécie ses longues journées hors du domicile, partant de très bonne heure le matin pour rentrer vers dix-neuf heures.

Cette nouvelle liberté liée à l'âge fait qu'elle a hâte de grandir.

Une fois à la maison, elle monte dans sa chambre prendre son pyjama puis fait un brin de toilette.
Préparée pour la nuit, elle choisit avec délicatesse sa tenue vestimentaire du lendemain.
Elle sait qu'elle a bon goût et comme elle grandit vite, régulièrement sa mère l'emmène dans de beaux magasins pour enfants. Fière du paraître et de la beauté de sa fillette, elle n'hésite pas à investir dans de jolies toilettes.
Sa sœur aînée en est jalouse (elle qui conserve ses allures de garçon manqué). Cette jalousie est exacerbée lorsque Madame Garcia, dans ses moments de tendresse passe du temps à coiffer Lauren admirant ses cheveux épais pour lui faire un chignon avant le cours de danse classique du samedi après-midi.
Victoire avec ses cheveux très courts et portant lunettes assiste souvent à la scène cachée derrière la légère ouverture de la porte.

Elle se vengera à sa manière sur la cadette et pourtant Lauren aime et admire sa sœur de quatre ans son aînée. En plus elle la trouve jolie également. Allez savoir ce qui se passe dans la tête des enfants ?
La nuit tombée depuis déjà longtemps, en pyjama, les quatre enfants attendent le retour des parents.
Comme ils sont plus âgés, la bonne portugaise a dressé la table dans la salle à manger.
Une fois le couple présent, personne ne bronche !
Ce soir, ils n'iront pas taper l'Tarot chez les Thomas.
Installés à table, le père prône au coté de sa femme et à

l'heure du journal télévisé, personne ne doit effectuer le moindre bruit sous peine d'un aller-retour (une paire de gifles puissante).

Seules les voix du couple s'élèvent commandant la domestique qui sert tout le monde à tour de rôle.

La pauvre n'a guère le temps de manger tranquillement dans la cuisine : il manque tout le temps quelque chose et ses aller-retours sont incessants. Elle semble constamment essoufflée et les deux aînés font des grimaces en se souriant.

A la fin du repas et donc des informations, chaque enfant embrasse à tour de rôle ses parents et monte se coucher. La bonne débarrasse la table et dans la cuisine écoute les recommandations des patrons.
Ceux-ci vont ensuite s'installer confortablement dans le salon et allument le grand poste de télévision pour finir leur soirée devant un film.

Pendant que les enfants sont sensés être dans leur chambre, Lauren frustrée de ne pas pouvoir voir la séance cinéma du soir, décide de descendre les marches en marbre du grand escalier pour trouver cachette et se donner à elle aussi le droit de regarder la télévision.
Dès qu'elle entend sa mère chercher quelques gourmandises en cuisine et son père traverser le hall pour se diriger aux toilettes, elle se paye le culot de rentrer en douce dans le salon pour s'installer derrière un large fauteuil, le plus proche

de la sortie et donc du hall. C'est le fauteuil où s'installera son père.
Blottie dans son coin, elle semble ravie de participer à cette séance cinématographique. Souvent il s'agit d'un long métrage romantique comme la série des Angélique, Le Bossu et autres. Elle essaye de rester jusqu'à la fin du film.
Elle sait qu'après l'histoire, la pause pipi des parents lui permettra de repartir en douce pour vite se coucher.
Lorsque l'entreprise de se placer derrière le gros fauteuil lui devient impossible, elle profite de s'installer sur une des marches de l'escalier, la porte du salon grande ouverte pour voir au mieux le film. En cas de porte rabattue mais non fermée, elle visualise en se plaçant derrière l'entrebâillement en faisant attention au moindre bruit de ses parents. Dès que l'un ou l'autre se lève, elle monte en courant pour se mettre en haut de l'escalier.
Environ un quart d'heure après leur programme, le couple monte se coucher en ayant pris soin de vérifier si leurs enfants dorment. Lorsqu'ils pénètrent dans sa chambre, Lauren fait semblant de dormir et rit en elle-même. Elle écoute.
Une fois la porte de la chambre des Garcia fermée, sa petite sœur en plein sommeil, elle allume sa lampe de chevet, met la radio en sourdine et fait ses exercices d'assouplissement en prenant garde de ne pas réveiller sa voisine.
Elle se couche tard, parfois au petit matin. Ayant passé une bonne soirée, elle s'estime en forme au réveil.

Une nouvelle journée commence. Tel est le quotidien de la jeune fille.

Une fois, un soir, elle rentrera de Sainte Ursule plus tard que ses parents.
Le bus pour rejoindre son domicile est le numéro deux mais n'ayant pas le courage de l'attendre, elle prend le bus numéros trois qui la mène loin de son chez elle. Ce qui fait que pour rentrer sous une pluie battante, il faudrait qu'elle marche énormément.
Seule dans la nuit noire et sous des trombes d'eau, elle décide de faire du stop. Personne à l'horizon.
Au bout d'un long moment, elle aperçoit au loin des phares qui s'approchent d'elle. Alors pour que la personne s'arrête, elle se place en travers de la route face au véhicule.
Le conducteur obligé de freiner est un homme charmant d'une quarantaine d'années. Il semble stupéfait d'être face à une petite fille portant un lourd cartable sous la pluie. Celle-ci joue la comédie, disant qu'elle s'est trompée de bus et qu'elle ne sait pas quoi faire pour rentrer chez elle.

Gentiment, la personne la fait monter dans sa belle automobile côté passager. Il la raccompagne à son domicile. Elle n'a pas l'air si perdue puisqu'elle lui indique le chemin.
Il est dix-neuf heures trente lorsqu'il la dépose à l'entrée de la maison. Madame Garcia guette devant la porte principale. Lauren remercie et salue son bienfaiteur puis se dirige vers sa mère inquiète.
Madame Garcia interroge sa fille sur le monsieur. Lauren lui fait croire tout bonnement que l'homme lui a proposé volontairement de la raccompagner sans raconter la moindre goutte de vérité.

Ses parents lui feront la morale et l'incident est clos.

En CM2, le deuxième trimestre commence.

Régulièrement, le soir, Lauren dit à ses parents le nombre de zéros qu'elle a eu dans la journée. Elle sait que ses parents la connaissent en tant que mauvaise élève et n'hésite pas à jouer la comédie pour en rajouter. Elle dit constamment que c'est de la faute à la maîtresse. C'est ainsi que Madame Garcia prend en grippe la demoiselle Pic.
Comme elle met régulièrement au courant ses parents de ses notes catastrophiques, ceux-ci ne sont pas étonnés lorsqu'ils doivent signer le bulletin scolaire le samedi.
Paradoxalement, des encouragements y sont indiqués : la Pic n'est pas si méchante à l'égard de l'enfant.

Sans se douter de quoi que ce soit, la petite retrouve ses habitudes.
Pourtant Madame Garcia prend des dispositions pour mettre sa fille dans une école publique qu'elle trouve proche du domicile : l'école Victor Hugo.
Victoire y a fait ses études et Madame Garcia garde de bons rapports avec les deux institutrices qui enseignent le CM2. N'en pouvant plus avec toutes ces bonnes sœurs et cette Pic qu'elle s'est mise à dos, elle décide de prendre le taureau par les cornes.

Le revers de la Médaille

Cela se passe justement au cours du début du deuxième trimestre.
Lauren continue son cinéma en classe et profite de sa liberté en toute tranquillité.
Elle rend de plus en plus folle l'enseignante, la Popo par son impertinence.
Ses amies, la classe entière ne la quittent plus. Elle les distrait tant qu'elles ont hâte que la cloche sonne la récréation pour jouer en sa compagnie. Son aisance participe à créer une ambiance de plus en plus sympathique. Elle est attachée à toutes ces filles qu'elle considère comme ses sœurs. C'est à Sainte Ursule que sa famille existe.

Souvent pour une énorme bêtise, les sœurs et notamment la Popo lui courent après. Elle est plus rapide et les provoque. Elle perturbe non seulement sa classe mais également les autres salles d'études.
Sa cour s'agrandit et l'épanouissement de Lauren est à son comble.

Ses rapports avec Mademoiselle Pinègre sont davantage chaleureux. C'est la cinquième année qu'elles passent ensemble et Mademoiselle qui a compris que plus rien ne servait pour intéresser la petite aux leçons, converse sur différents sujets telle l'époque de sa jeunesse. La coquine devient alors attentive et semble apprendre beaucoup. Elle aime tellement la vieille femme.

Le jeudi, jour de fermeture de l'établissement, Lauren va depuis deux ans avec Olga, sa petite sœur, prendre son cours de tennis. Le trajet en bus est long mais elle sait qu'au retour elles iront goûter chez leurs grands-parents paternels (chez leur grand-père qui s'est remarié à l'âge de soixante ans).
Il leur faut déjà pratiquer le sport favori de leur père : le tennis.

Les petites filles ont chacune leur professeur.
Lauren se fait belle dans le vestiaire. Une fois sur le terrain, ce ne sera pas le jeu qui lui plaira mais l'envie de séduire le beau moniteur. Son rôle apportera ses fruits car le jeune adulte ne s'occupera que d'elle, délaissant les autres petites filles.

A la fin du cours, très satisfaite, elle ira chercher sa petite sœur pour qu'elles se changent au vestiaire.
Elles reprennent le bus pour s'arrêter boulevard de Strasbourg, près des petites Sœurs des Pauvres. Elles n'ont que cinquante mètres à faire pour se trouver face à une maison d'angle des années trente, rouge et blanche. Pépé Eugène reçoit chaleureusement ses petites filles. Ils rentrent dans l'étroit couloir pour se rendre à la cuisine.
Installés autour d'une table ronde en chêne, les petites n'adressent pas la parole à mémé Marguerite qui dans la pièce garde un air hautain et observe.
Au menu : chocolat chaud et tartines beurrées avec du sucre en poudre dessus. Pendant que le gentil mais très âgé brave

homme tartine très lentement le pain, Lauren l'interroge sur la guerre 1914-1918 qu'il a bien connue.
Le Grand-père n'est pas bavard et à chaque fois qu'il s'exprime, sa femme l'interrompt. Les petites savent l'essentiel : il y a perdu beaucoup de copains, il en a souffert énormément, et reste discret sur la Grande Guerre.
A la fin du goûter, il est l'heure de se séparer et les petites rassasiées qui aiment leur Pépé, l'embrassent abondamment.

Elles rentrent en bus puis à pied chez elles : heureuses de n'avoir pas vu l'après-midi passer.
Elles attendront la semaine suivante pour recommencer. Ces moments dureront des années.

Des changements se préparent et un idéal se brise.

Nous sommes un samedi matin en classe de CM2 avec Mademoiselle Pic. Exceptionnellement Lauren est sage mis à part quelques clins d'œil aux élèves préférées.
Elle fait semblant d'écouter et se prépare à quitter ses bien-aimées pour le week-end. Cela la peine mais elle sait qu'elle va les retrouver dès lundi et puis, elle va au Théâtre danser l'après-midi.
Donc tout bêtement, elle est heureuse.
Il est onze heures : plus qu'une heure avant que la cloche annonçant la fin de la semaine ne sonne.
Quand soudain…

Madame Garcia après avoir traité d'incapable la sœur directrice de l'établissement surgit comme une furie dans la classe de CM2.

L'interruption brutale d'une leçon et la séquence qui s'en suit laissent l'enseignante et ses élèves bouche bée.
Lauren en a le souffle coupé. Elle ne peut s'imaginer la suite des évènements mais la crainte se perçoit sur son visage.
Sa mère s'adresse tout d'abord à Mademoiselle Pic.
Elle l'injurie en criant, faisant abstraction totale du public qui l'entoure. Elle est vulgaire dans ses propos et rend coupable la maîtresse de tous les échecs scolaires de sa fille. La vieille fille timide et ultra choquée ne sort aucun mot si ce n'est que des chuchotements de Mon Dieu, Mon Dieu…
Lauren trouve que la scène dure une éternité et l'angoisse la submerge toujours davantage.
A la fin de l'esclandre, Dame Garcia ordonne à sa fille de rassembler toutes ses affaires pour quitter la pièce et l'école ensemble.
Paniquée mais sans se douter qu'elle ne verra plus ses amies qui l'auront accompagnées pendant presque cinq années à Sainte Ursule, elle obéit et adresse à toutes un regard attristé et aimant pour signifier un au revoir.

Le hasard des circonstances fait qu'à la fin de son cours de danse du samedi après-midi, Madame Garcia convoquée ultérieurement par le professeur et le directeur du Grand Théâtre de Dijon, va prendre de nouvelles dispositions.
En fait, ils désiraient simplement s'entretenir avec la mère de

leur meilleure petite danseuse.

Après avoir fait des démarches pour Lauren, ils proposent à la mère de celle-ci son entrée acceptée par la direction de l'Opéra de Paris ou l'accès à l'école de danse de Roland Petit.
Vu les talents de l'enfant, ils sont certains de contribuer à sa carrière de future grande danseuse.

Madame Garcia estime qu'il n'y aura pas d'artiste dans la famille. Catégorique malgré l'insistance des spécialistes, elle va chercher sa fille qui vient de se mettre en tenue de ville.
En quittant le Théâtre, la mère dit à sa fillette qu'elle l'oblige à arrêter la danse. Sans lui avouer le motif.
La petite, déjà désemparée par l'évènement du matin, ne peut imaginer arrêter la danse.

Adieu Danse, Liberté, Amitié et Indépendance !

La mère de Lauren l'a déjà inscrite à l'école publique Victor-Hugo. Elle y reprendra l'année en cours dès le lundi matin.
La coquine passe le week-end apeurée, sans ouvrir la bouche.
Elle est encore plus sage et obéissante qu'à l'accoutumé.
Dès qu'elle le peut, elle s'isole et songe à tout cela.
Tout d'abord elle sent qu'elle ne verra plus jamais ses copines.
Elle ne pourra plus s'amuser à faire tourner en bourrique les bonnes sœurs.

Tous ses longs trajets pour joindre Sainte Ursule qui lui donnaient des ailes dans tous les sens du terme font partie du passé.
Et puis, elle ne côtoiera plus la gentille Demoiselle Pinègre dont elle perçoit l'attachement qu'elle avait pour elle malgré son âge très avancé.

Tout va changer ! Sa vie va changer !

Elle partira plus tard le matin et sera donc en présence de sa famille. Externe, elle rentrera quotidiennement entre midi et quatorze heures pour déjeuner en compagnie de ses parents et frère et sœurs devant le journal télévisé.
A dix-sept heures, elle rentrera avec sa petite sœur (déjà à la même école) et fera ses devoirs sous la surveillance de la bonne.
Ensuite, elle attendra sagement le soir le retour des parents.

Elle reprend donc le CM2 et fait connaissance de ses deux nouvelles maîtresses. Elle ne jette aucun coup d'œil à ses voisins (Victor-Hugo est une école mixte) et dorénavant n'aura plus aucune amie.

Les enseignantes ont pitié d'elle et lui feront redoubler la classe, ce qui ne servira à rien puisqu'elle ne sera pas meilleure élève lors de cette deuxième année de CM2.

Lauren sait qu'elle doit adopter un tout autre comportement, ne serait-ce que pour éviter les dérouillées qu'elle ne suppor-

tait guère déjà une fois par semaine.
On la trouve belle mais bête et maintenant inconsciemment elle va complètement se dépersonnaliser pour rentrer dans le moule : celui des autres…
Sa nouvelle identité la rendra encore plus niaise et cela ne s'arrangera pas jusqu'à l'adolescence.

Il faudra du temps, beaucoup d'années pour que Lauren retrouve sa véritable personnalité.

La coquine sera enfin acceptée telle qu'elle sera :
Drôle, Artiste et Bohème. Une Originale !!!

L'ÉCLUSIÈRE

© L'Eclusière

Le Canal de Bourgogne

C'est en 1775 que débutent les travaux du Canal pour s'achever en 1860.

L'idée essentielle de son édification consistait aux transports par péniche des bois, des produits agricoles, des hydrocarbures et autres pondéreux, sable… sans oublier le vin qu'il fallait faire parvenir à la capitale. La navigation semblait tellement plus rapide comparée aux calèches tirées par les chevaux. Quant aux quantités de marchandises transportées, celles-ci pouvaient atteindre environ 500 000 tonnes. Ce moyen de transport non polluant via le Canal de Bourgogne ne durera que quelques décennies. Le chemin de fer et l'existence du réseau routier puis autoroutier constituent une concurrence imbattable par la vitesse et une quantité plus importante de marchandises à expédier.

La ligne d'argent que constitue le Canal de Bourgogne est superbe. Cette voie d'eau creusée et dessinée par l'homme s'étend de la vallée de l'Yonne à la plaine de la Saône passant au travers des campagnes denses, des sites et pâturages entre les divers arbres plantés jadis sur chacune des rives.

Il en a fallu des rêves, des projets de génie, du temps, de l'argent et surtout du travail pour relier la Seine au Rhône dont l'union s'est matérialisée par le tunnel de Pouilly-en-Auxois.

Sur le Canal, les bateliers passant le temps à admirer la distraction et la diversité du somptueux jardin de part et d'autre des rives ne sentent pas la lenteur de la navigation. En effet, il est pourvu de 189 écluses et le passage de chacune d'elle nécessite du temps pour que l'on égalise le volume en fonction du sens amont ou aval et que s'orientent la péniche, le voilier et autres bateaux.

Le passage de l'écluse nécessite encore la présence de l'homme. Les éclusiers sont là pour satisfaire la demande et en fonction d'un avalant (bateau descendant) qui va dans le sens du courant) et d'un montant, le travail du sas (espace de l'écluse avec les quatre portes fermées) est inversé.

Chaque écluse dispose d'un numéro situé au dessus de sa maison, certaines à l'abandon aujourd'hui ou encore habitées par des éclusiers en activité ou en retraite dont certains furent mariniers dans leur jeune temps.

Pour remplacer le personnel en congé ou retraité, les Ponts et Chaussées font appel à quelques éclusiers permanents mobiles qui, sur les anciens chemins de halage, circulent en deux roues motorisées et travaillent sur une distance plus ou moins longue en fonction du nombre d'écluses à s'occuper.

Depuis 1970-75, pour pallier au manque d'effectif dû notamment à l'absence de descendance des anciens, l'administration recrute l'été, saison où les touristes naviguant sont les plus nombreux. L'administration engage ce que l'on nomme des remplaçants éclusiers parmi les étudiants. Ces éclusiers d'un nouveau genre sont en principe de jeunes garçons sportifs et costauds. Ils doivent parcourir des kilomètres à vélo travaillant sur plusieurs écluses et être assez forts pour manœuvrer les lourdes portes du sas dans un sens puis dans l'autre.

Aujourd'hui, les péniches deviennent des logements amarrés dans un port pour une longue période. Les transports d'antan n'existent pratiquement plus. La crise de 2008 a touché également les plaisanciers de toutes nationalités. Heureusement, de petits bateaux empruntent encore la voie d'eau qui serpente les paysages et sites appréciant le calme, la douceur de vivre et le charme du canal.

La région bourguignonne a investi pour faire évoluer ce patrimoine fluvial en construisant des pistes cyclables menant par exemple du Lac Kir au village de Pont-de-Pany distant de 20 km.

En 1981, la plus jeune remplaçante éclusière âgée de 16 ans a su profiter du cheminement du Canal de Bourgogne sur une portion très agréable mais dont les écluses ne sont pas automatisées.

L'expérience difficile mais inoubliable deviendra l'un de ses plus beaux souvenirs.

Invitation du chef éclusier

Le Centre Commercial à ciel ouvert de la Fontaine d'Ouche situé à environ cinq kilomètres de Dijon abrite une cinquantaine de commerces, deux grandes surfaces et à ses extrémités des parkings. Sa construction dans les années soixante dix fut la grande fierté de Robert Poujade, maire de Dijon. La localité attirait à l'époque une bonne partie de la classe moyenne dijonnaise qui désirant quitter le centre ville pour s'approcher du calme non loin du Lac Kir investissait dans de beaux appartements au sein de tours récentes d'un genre moderne. Le Centre Commercial présente un étage en plein air comprenant des coiffeurs, magasins de sport, de chaussures, de prêt à porter, d'ameublement, et un rez-de-chaussée avec des banques, magasins d'alimentation, bars…

Pervenche se situe à côté du boucher. Son propriétaire dispose avec sa femme de plusieurs boutiques de fleurs identiques dans le centre de Dijon. Rémi, fidèle à ses employées, a pris sous son aile sa fille Caroline surnommée Calie qui n'aimant pas l'école allait travailler dès l'âge de 14 ans. Jusqu'en 1981, la petite n'effectue pas de tâches agréables, la vente étant réservée au patron et à sa vendeuse. Avec ses petites mains toujours dans l'eau froide, la courageuse change l'eau des fleurs, épine les roses réceptionnées le matin de bonne heure, nettoie constamment le parterre et organise le déballage des différents pots et fleurs à l'extérieur de la boutique. Parfois lorsque les deux adultes sont débordés à servir les clients, elle participe aux emballages des bouquets et livre à pied les personnes habitant près du centre.

Son travail ne lui fait ni chaud ni froid. Elle le fait pourtant de son mieux. De toute façon, en dehors de son dur travail, elle se libère dans ses loisirs. Chaque semaine, Calie se rend au cercle hippique dijonnais pour monter à cheval.

Ce n'est pas qu'elle soit bonne cavalière mais elle aime les chevaux et l'ambiance du centre. Elle danse également tous les soirs dans le grenier aménagé en pièce spacieuse pour recevoir tous les amis. L'expression corporelle l'émancipe et contribue à sa beauté. Avec son corps élancé et un sacré port de tête, vêtue de n'importe quelle toilette, cette brune aux longs cheveux attire autrui comme un aimant d'autant qu'elle a de grands yeux noirs et un teint mat.

Elle sait dans son for intérieur que son avenir lui réserve des surprises et que sa condition évoluera.

Pour l'instant, Calie est apprentie non déclarée car ses parents ne voient pas la nécessité de lui donner un statut. Elle vit chez ses parents qui reçoivent régulièrement des amis notamment commerçants au sein d'une maison à colombages située au centre de Dijon. Désormais Rémi et sa femme ne se font plus de soucis pour leur gamine qui suite à une dépression et une tentative de suicide semble moins fragile depuis qu'ils ont décidés de la mettre au boulot.

Les Chapuis et leur fille ainée rendent visite aux fleuristes un dimanche après-midi. Ils désirent leur présenter le petit ami de leur fille étudiante en médecine. C'est un homme sympathique, beau, ayant de la prestance et entreprenant. Il respire le bien être et son caractère jovial attire. Il parle, il parle énormément, alors tout le monde le laisse s'exprimer : son univers n'a rien à voir avec celui d'un négociant ce qui le rend très intéressant face à l'auditoire.

L'individu se fait appeler Phil et en tant que chef des Ponts et Chaussées, il est domicilié dans un logement de fonction à Pont d'Ouche qui, comme son nom l'indique, est une petite localité située au bord de l'Ouche à une quarantaine de kilomètres de la capitale bourguignonne.

Il raconte combien il se donne du mal à recruter du personnel pour l'été. Tout en parlant, il fixe la belle brune tout en lui souriant. Elle lui semble fragile, timide et avoir un grand besoin d'émancipation.

Phil explique qu'il recherche des jeunes pour l'été car il doit remplacer les éclusiers retraités ou en vacances sur une portion du Canal de Bourgogne. Il dit que lors de la belle saison le trafic fluvial est le plus dense de l'année. En effet, en dehors des péniches transportant encore de la marchandise, beaucoup de touristes empruntent la voie d'eau pour rejoindre la Méditerranée. D'habitude, le Chef s'adresse aux étudiants qu'il embauche chaque année, mais en 1981 des remplaçants éclusiers des années antérieures ont quitté la région ou terminé leurs études et sont sur le marché du travail.

Alors apercevant la fille des hôtes, il lui propose d'abord à elle puis à ses parents de consacrer ses deux mois d'été à venir au bord du Canal. Ils en discutent entre eux et convaincus du bien être que peut apporter la campagne à leur fille, ils acceptent la proposition.

Calie sans savoir à quoi s'attendre sourit car le Chef lui fait bonne impression et elle se laisse convaincre car ses parents décident toujours pour elle. De toute façon, la rémunération proposée pour le job lui permettra de s'offrir son permis de conduire.

Nous sommes en juin 1981, François Mitterrand vient d'être nommé à la Présidentielle au grand dam des fleuristes fervents défenseurs du parti gaulliste.

Calie doit rester un mois à la boutique avant de prendre son envol pour l'inconnu.

Destination Pont d'Ouche : point d'ancrage du Chef et des jeunes étudiants.

Le 29 juin, l'amie de Phil accompagnée de sa petite sœur Valérie vient prendre la nouvelle remplaçante éclusière avec ses bagages et le grand vélo de Rémi installé à l'arrière d'une 2 CV vert pomme. Le voyage lui paraît long mais elle apprécie les verts pâturages s'offrant à ses yeux tout en faisant semblant d'écouter les frangines pour éviter la crainte de ce qui l'attend.

Après avoir pris la portion d'autoroute menant de Plombières-les-Dijon à Pont de Pany, la gentille conductrice sillonne une route ensoleillée. L'automobile traverse des villages longeant l'Ouche dont on a l'impression qu'aucune âme ne vive. La petite, assise à l'arrière, visualise les pancartes nommant ces endroits. Elle remarque donc le passage de Sainte Marie-sur-Ouche, Gissey-sur-Ouche, Saint Victor-sur-Ouche puis La Bussière-sur-Ouche, Veuvey-sur-Ouche et enfin derrière un grand virage, Pont d'Ouche avec en haut le Viaduc (autoroute allant sur Paris).

A Pont d'Ouche

En plein centre du bourg, l'auto prend sur la droite un chemin menant au bord du Canal et se gare. Du monde attend le trio féminin devant une grande maison bleue face au Canal. La conductrice se rue dans les bras de son amoureux qui regarde la petite nouvelle n'osant avancer vers le groupe de jeunes gens qui semblent être copains. Elle ne voit que des garçons en dehors des deux sœurs. Elle n'a pas l'habitude de côtoyer des garçons aussi jeunes car dans la boutique, la clientèle est assez âgée.

Comme elle ne connaît personne ni ce qui l'attend, le Chef et sa muse la mettent à l'aise lui indiquant la chambre des filles afin qu'elle puisse s'installer tranquillement.

On lui présente des étudiants gentils comme tout et on lui fait comprendre que durant les deux derniers jours de juin, elle sera initiée par certains à son futur emploi. On insiste sur le fait qu'au début de son travail, elle sera accompagnée de deux à trois personnes qui lui montreront tout sur le métier d'éclusier.

Pour l'instant, place à la découverte de Pont d'Ouche et à la fête du soir à préparer. Elle visite les pièces de la spacieuse maison du Chef. Le rez-de-chaussée comprend une pièce faisant office de salle à manger, une cuisine à côté des toilettes et une étroite pièce d'eau, un long couloir menant au bureau et à deux chambres avec des lits plutôt étroits. Dans la cuisine se trouve un escalier très raide donnant accès à la chambre du patron des écluses.

En fin d'après-midi, Valérie emmène sa nouvelle amie faire le tour du village. La promenade débute par le canal menant au port de Pont d'Ouche où deux voiliers et un yacht sont immobiles.

Elle lui présente un propriétaire de location de petits bateaux à moteur ravi de son début de saison. Cet homme plaît à la petite car il ne la saoule pas de paroles comme sa voisine et reste même discret.

Tout en marchant, l'accompagnatrice de Calie lui raconte son quotidien, ses problèmes de cœur et la vie à Pont d'Ouche. En dehors du port, d'un café restaurant longeant la départementale et d'un bureau de poste, le lieu, point de croisement pour se diriger soit sur Beaune soit sur Pouilly en Auxois par Crugey, semble peu intéressant malgré l'édification d'un pont canal permettant d'enjamber l'Ouche à l'entrée de la vallée.

Elles achèvent leur balade par un passage à l'écluse de Pont d'Ouche n°20. Calie découvre pour la première fois une écluse. En rentrant, elles s'aperçoivent de l'absence de la 2CV verte. La bonne amie du Chef a quitté les lieux pour se rendre à l'hôpital où elle est d'astreinte comme tout étudiant en médecine de 3e année.

A l'intérieur de la maison, les garçons ont dressé la table et fait la cuisine en l'honneur de la toute nouvelle et plus jeune éclusière. Le Chef invite tout le monde à l'apéritif et ce sera le début de la soirée. Valérie explique à sa copine qu'en début de semaine, chaque personne débourse 15 francs pour les commissions. Les tâches ménagères sont réalisées à tour de rôle. Calie dit qu'elle ne sait ni faire les courses ni cuisiner. Alors il est décidé qu'elle sera de corvée pour la vaisselle et le ménage.

Parmi les six éclusiers, quatre terminent leur travail dans deux jours et se préparent à s'offrir un séjour à l'étranger. Dommage pour la petite qui les trouvait gentils comme tout. De nouveaux habitués des écluses les remplaceront. On les attend le 31 juin. A table, en fin d'après-midi sont servies des brochettes de viande accompagnées de spaghettis.

Quand tout est avalé, on pousse les tables et la musique résonne. Chacun danse à sa façon, mais tout de suite la nouvelle qui se bouge parfaitement bien sur le tempo est remarquée. Suite aux compliments, elle se détend de plus en plus.

Le Chef Phil lui fait gouter sa boisson favorite : La Marie Brizard. Les premiers éclusiers devront s'activer à partir de 6 h30 et donc se lever au plus tard à 5 h. La petite dormeuse se demande si elle tiendra le coup ne pouvant trop écourter ses nuits.

Initiation au métier d'éclusière

Journée du 30 juin 1981

8 h : Le Chef pénètre dans la chambre des filles en riant. Il a préparé rapidement un tout petit déjeuner car trois des compagnons attendent Calie pour l'initier aux écluses. Le téléphone pour prévenir la présence des bateaux avalants (descendants) et montants n'arrête pas de sonner. Les éclusiers sautent sur leur bicyclette et roulent en direction de La Bussière-sur-Ouche. Calie n'a pas fait de vélo depuis fort longtemps et l'engin de son père lui paraît trop grand avec une selle qui dès le début lui fait mal aux fesses. Les gars lui demandent de s'activer, les bateliers peuvent être impatients. Elle pédale, pédale, pédale…sur la route menant à l'écluse n°26.

A peine arrivés à La Bussière, Christophe dit à ses deux collègues de s'occuper des avalants et prévenu par téléphone de l'arrivée de montants du côté de Gissey, il propose à Calie de rouler jusqu'à l'écluse n°29 située à Saint Victor-sur-Ouche.

La petite suit son aîné tant bien que mal. La route lui semble interminable notamment avec un tel soleil de plomb. Elle n'a pas le temps de regarder autour d'elle tellement elle se concentre sur son trajet et ses pédales. Au sein du bourg, sans broncher mot, elle tourne aussi à droite et se retrouve sur une route étroite menant dans un coin ravissant. Ils posent leurs vélos au sol et Christophe se dépêche de préparer le sas. Calie ne perçoit aucun bateau à l'horizon. En regardant l'étudiant s'affairer, elle se dit que décidément, le métier d'éclusier est compliqué. Son camarade s'excuse de ne rien lui expliquer dans l'immédiat car il doit procéder au vidage du sas non effectué la veille pour que les bateaux arrivant dans peu de temps puissent rentrer dans le sas pour rejoindre l'amont du Canal.

Elle le regarde prendre les passerelles en courant et pousser les portes du bas au moyen de barres de fer pour enfin les ouvrir. Elle vient de comprendre que l'écluse forme une marche d'escalier. Ils n'ont plus qu'à attendre les mariniers. Ils se reposent assis sur l'herbe en avant de l'écluse pour surveiller les arrivants. En fait, ils n'auraient pas dû se dépêcher autant car les vacanciers, eux, prennent bien leur temps.

Au Canal, l'exactitude n'existe pas : l'éclusier doit être efficace tout en étant patient. Christophe questionne la demoiselle sur sa force physique car le travail des manivelles et des portes est très dur surtout pour une jeune femme filiforme aux bras longs et fins. Elle finit par lui avouer qu'elle ne se sent pas apte à réaliser ces tâches. Voyant ses yeux apeurés, le jeune homme décide de l'encourager quand soudain un premier petit bateau suivi de peu d'un voilier pointent leur nez. L'éclusier tenant par la main la gamine, se lève et souhaite par de grands gestes la bienvenue aux plaisanciers. Le sas long de 38 m (Gabarit Freycinet) accueille ses hôtes. Les capitaines saluent amicalement les bosseurs. Une personne emprunte l'échelle du sas pour amarrer son bateau utilisant une des bites (appelée aussi bollard) situées de chaque côté de l'écluse. Un homme lance une lourde corde à la jeune fille. Elle la maintient attendant le propriétaire du voilier pour qu'il amarre et qu'il passe celle-ci sur une autre bite d'amarrage (appelée aussi bollard).

Christophe fait le tour du sas en repassant sur les passerelles des portes en amont puis se prépare à fermer une des portes avales tandis qu'il ordonne à Calie de faire de même de l'autre côté. Elle tire la porte en pesant de tout son corps sur la barre de manœuvre. Au départ, rien ne bouge. Elle voit également que son compagnon se donne du mal mais au moins sa porte bouge ! Elle secoue la barre rouillée avec le temps et se met sur demi-pointe. Ses baskets s'enfoncent dans le gravier, parfois glissent.

Au bout d'un court instant, elle sent enfin le déplacement de la barre et donc la porte se ferme. Elle s'aperçoit qu'un des mariniers lui a donné un coup de main : elle est déçue. Christophe tripote deux manivelles situées sur les portes du sas en amont. Comme par miracle, l'eau passe au travers de ces mêmes portes. Il s'agit du remplissage de l'écluse. En attendant, tout le monde rit, discute et propose d'aider la gamine pour la suite. Une fois rempli, le niveau d'eau du sas et celui de la partie amont du Canal sont identiques. Il ne reste plus qu'à ouvrir les portes pour que les gentils plaisanciers continuent leur navigation sachant qu'il faudra s'occuper d'eux dans les écluses suivantes en direction de Pont d'Ouche. Christophe explique qu'en principe, on doit remettre l'écluse en état c'est-à-dire dans le sens du courant mais qu'en période estivale, le trafic étant dense, on ne s'occupe pas de cette remise en état d'autant plus que l'écluse n°29 est prête à recevoir les deux avalants qui de bonne heure étaient à la n°26.

Enjambant leur bicyclette, les éclusiers repartent pour retrouver la route mais cette fois-ci direction Pont d'Ouche.

Aux écluses n°28 La Chaume et n° 27 Bouchot, ils n'ont pas besoin de s'arrêter car des éclusiers permanents vivent dans ces endroits et ne sont pas en congé. Ils croisent leurs camarades du matin qui eux se rendent à Saint Victor, leurs bateaux navigant dans le bief séparant la n°28 à la n°29. Ils s'envoient des blaguent puis chacun continue son chemin.

A La Bussière, nos deux éclusiers prennent le temps de s'offrir un café. Comme il leurs reste une vingtaine de minute avant de recevoir les plaisanciers à l'écluse, Christophe enseigne à Calie le temps des passages des bateaux. On compte un quart d'heure le passage d'une écluse pour un vacancier tandis qu'une demi-heure est nécessaire pour une péniche. L'étudiant en sciences sait que depuis Saint Victor, en plus du temps de navigation entre chaque écluse, il faut ajouter une demi-heure avant que les sympathiques gens arrivent à la 26. Préférant se reposer en attendant les arrivants, il laisse la jeune initiée errer dans le village. Calie admire l'Abbaye de La Bussière-sur-Ouche en s'en approchant. Sur le chemin, elle croise des cavaliers qui la saluent et qui lui parlent de l'Abbaye appelée également Notre Dame des Trois Vallées. Fondée en 1131, cette Abbaye est devenue en 1921 la propriété de l'évêché de Dijon. Elle constitue le lieu de sépulture des épouses des Ducs de Bourgogne. Le diocèse consacre l'Abbaye aux retraites spirituelles. Calie apprécie le parc, espèce de havre de paix, et ses anciens bâtiments.

Rêveuse, elle n'a pas vu s'écouler le temps et décide de se hâter pour rejoindre son équipier. Constatant les bateliers déjà dans le sas portes fermées, elle se déculpabilise en imaginant l'aide apportée à Christophe par les personnes dans les manœuvres. Soulagée par tous ces sourires, une fois le sas rempli, des hommes s'emploient à tirer les barres d'ouvertures des portes. Elle fait semblant d'effectuer le travail avec eux en s'estimant ravie d'économiser ses forces.

Les mariniers décident de stationner à La Bussière, ainsi ils passeront la journée à profiter d'un centre équestre et surtout à visiter l'Abbaye. Ravie d'aller se restaurer, les amis remontent sur leur vélo passant devant des écluses dont celle de Baugey n°21 où elle apprend que Miou Miou, Gérard Depardieu et Patrick Dewaere ont tourné *Les Valseuses*. A pas encore 17 ans, elle n'a pas vu le film et donc ne connaît pas son histoire.

Arrivés devant la maison du Chef, ils posent leur engin contre son mur. Toute courbatue, Calie se doute qu'il lui faudra plusieurs jours d'adaptation pour que son corps ne souffre plus. Voyant ses yeux cernés et son air éreinté, Phil lui offre un encas tout en lui conseillant une bonne sieste. Elle dispose en effet de son après-midi, les éclusiers étant en nombre suffisant.

Retrouvant son lit avec délice, elle s'endort immédiatement pour ne s'éveiller qu'à 18 h. Réveillée par des portes qui claquent et le bruit des pas, elle se lève. Sa peau la brûle alors elle ouvre les volets, le soleil s'émancipe dans la pièce. Elle se regarde dans le psyché, souvenir des grands-parents paternels de Phil. La rougeur de son visage et de ses bras représente un joli symptôme du rayonnement du matin.

Elle ne veut pas avoir le bronzage agricole de ses partenaires avec des marques de tee-shirt. Elle prend la décision de se vêtir dorénavant de façon à ce qu'elle ait le moins de marques possible. Ce sera par-dessus un maillot de bain échancré, la mise en place d'un short très court et d'un débardeur en dentelle. Ainsi, sa peau brunira gentiment. Son corps douloureux par le travail physique du matin interrompt le songe. Lors de la soirée, elle sait que tout le monde se couchera tôt car l'équipe change le lendemain soir. Les hommes doivent préparer leur bagage. Resteront pour le mois suivant Valérie, deux frères étudiants en comptabilité, Caroline et bien sûr le Chef Phil. Ce dernier estime qu'il faut laisser les futurs vacanciers écluser seuls pour leur dernier jour. Les autres feront des courses et s'occuperont de recevoir des habitués qui formeront l'équipe éclusière de juillet.

Les éclusiers juillettistes

La journée du 31 juin 1981 se déroule rapidement. Calie très courbatue s'est actionnée à ranger, déblayer et nettoyer les pièces. Phil a ramené des provisions et aidé par Valérie a préparé le repas du soir. Dès le début de l'après-midi de jeunes et jolis garçons se sont présentés à la porte d'entrée.

Connaissant les hôtes et les lieux, ils sont non seulement à l'aise, ils paraissent culottés aux yeux de Calie. Fred et Joseph dit Jo embrassent comme du bon pain tout le monde y compris la belle brune. Ils rentrent de vacances passées dans un camping avec leurs potes dans le Sud de la France. Ces étudiants en Droit, l'un en Licence, L'autre en Maîtrise sont de beaux parleurs bronzés. La nouvelle les trouve assez bruyants par rapport aux deux jumeaux effacés qui partent le soir même après leur dernière écluse sachant que le travail se termine à 18 h. Tout le monde se connaît, les bagages font des va et vient. La petite ne sait plus ou se mettre. Lorsque les bosseurs de juin quittent la maisonnée, le fracas s'estompe. Deux éclusiers se font attendre alors que chacun a pris place pour le repas. Au menu : pommes de terre sautées, poulet, tartes aux pommes. Tout est avalé rapidement quand, au moment du dessert, on frappe fort à la porte.

Le Chef ouvre et un couple se jette dans ses bras. Eric étudiant en médecine et son amie d'origine italienne sans emploi entrent en scène. Monica genre sympathique, petite grosse a une grande gueule. Il n'y a qu'elle qui s'exprime et sa voix n'est pas très agréable à entendre. Mais ici tout le monde la connaît excepté la belle qui lui trouve un air de faux cul et qui d'emblée ne l'aime pas du tout. Elle fait semblant de lui sourire. Par contre depuis qu'Eric s'est blotti dans les bras de Phil tout en la fixant des yeux, elle se sent à la fois intimidée et excitée.

S'agissant d'un couple, elle essaie de s'immiscer dans la comédie et de se montrer discrète vis-à-vis du jeune homme. Son cœur bat la chamade. Toute l'équipe semble ravie d'écouter Monica qui ne laisse guère la parole à son ami. Phil l'interrompt pour établir les groupes d'éclusiers du lendemain. Pour ce 1er juillet, il décide de réunir Fred, Jo, Calie et la bavarde qui partiront direction Pouilly en Auxois. Eric et les anciens iront direction Dijon. Le Chef a été averti juste avant le dîner du départ d'une péniche à Crugey (côté Pouilly). Sachant que le travail commence à 6h30 et que les péniches naviguent le plus tôt possible, il demande aux deux étudiants en Droit et à Calie de s'en occuper. Monica partira plus tard les rejoindre à l'écluse Bouhey n°14. Elle aura pour mission d'amadouer les vieux habitants de l'écluse que tout le monde craînt tellement ils sont odieux.

Minuit : tout le monde au lit ! Calie se laisse envahir par un profond sommeil

Et après sa courte nuit, on vient la chercher pour sortir illico. Ses collègues prennent le temps d'avaler un café pendant qu'elle se prépare sans un bruit.

Chacun chevauche sa bécane et Calie découvre un nouveau parcourt. Elle suit ses nouveaux partenaires qui ont davantage de jambes qu'elle. Ils l'attendent notamment lorsqu'ils se trouvent au-dessus de la montée d'une route pour se rendre à Crugey. Elle apprend qu'il existe un autre accès qui rallonge un peu mais se révèle très agréable menant à l'écluse n°16.

Après la difficile montée, ils descendent au village.

6h15, le marinier les attend. Calie ne s'occupe pour l'instant que des portes. Ils se dépêchent de préparer le sas pour l'avalant qui vient de Pouilly-en-Auxois. Jo aide la jolie fille à fermer l'une des portes en aval pendant que Fred ferme l'autre. Ils se donnent du mal. En une année, ils ont oublié la force qu'ils doivent employer pour déplacer ces satanées barres rouillées. Jo ferme les vannes au moyen d'une manivelle pendant que Fred se prépare en amont sur les passerelles des portes opposées à ouvrir des vannes permettant l'eau verte de couler en abondance et donc de remplir le sas.

Le marinier apprécie leur efficacité et devient particulièrement aimable avec la demoiselle en short court et en dessus de dentelle transparent.

Lorsque la péniche s'installe dans le sas après ouverture puis fermeture des portes en amont, il propose son aide à la mignonne pour manœuvrer la barre ce qui lui permettra de reprendre au plus vite la voie d'eau. Encore légèrement endormie, elle accepte sans problème. Elle lui laisse d'ailleurs faire le travail à sa place tenant la barre tout de même. La poigne de cet homme vaut celle de quatre éclusiers, se dit-elle, car la porte s'ouvre tellement facilement… La navigation devient possible et les éclusiers retrouveront le marinier dans un peu plus d'une demi-heure à la n°18 nommée Ecluse de la Roche aux Fées.

Calie a soudainement une faim de loup. Ils se rendent à la boulangerie du village. La vitrine donne envie à la gourmande qui une fois à l'intérieur du magasin hésite entre un énorme pain au chocolat, une brioche dorée ou une religieuse au café, etc. Les deux comparses ayant choisi chacun un croissant nature, elle les laisse aller au café du Bourg. Elle commence à prendre un flan puis opte pour une meringue bien dodue. Elle dévore son flan dans la boutique se léchant les babines devant toutes ces sucreries. Elle ne veut pas que ses nouveaux compagnons la voient manger deux gâteaux. Une fois le flan disparu, elle quitte la boulangerie avec sa meringue pour rejoindre l'unique bistrot ou elle commande son thé du matin. Tout en déjeunant, Fred et Jo sont pris dans une discussion sérieuse concernant le droit et la politique. Calie se régale de sa meringue et se repose. Elle fait abstraction des arguments évoqués par ses voisins de table.

7 h30 : il est temps de repartir. A bicyclette, le trio emprunte à Crugey le chemin de halage menant à La Roche aux Fées. Plus ils avancent, plus ils s'enfoncent dans une verdure dense. A l'écluse, le soleil est filtré par les branches feuillues des gros arbres. La maison de l'écluse 18 est abandonnée. Calie s'affaire difficilement mais énergiquement à la préparation des portes du sas toujours aidée par un garçon n'étant

pour l'instant pas assez costaud pour faire bouger la barre seule. Elle a le coup de cœur pour cet endroit tranquille et fera tout pour y venir souvent.

L'écluse prête à accueillir son hôte, celui-ci pénètre le sas. Son propriétaire ravi pense que grâce à ces jeunes, il ne perd pas de temps pour transporter ces centaines de tonnes de céréales. Sa péniche constitue son gagne-pain.

Après avoir procédé au vidage du sas et ouvert les dernières portes, le marinier remercie chaleureusement les éclusiers qu'il ne verra plus avant son retour. Le temps passe vite mais pour la fin de la matinée, ils doivent retrouver Monica à l'écluse de la frayeur.

Sur la route reprise à Crugey, le groupe pédale, pédale, pédale… La seule à ne pas craindre la 14 Bouhey est Caroline qui, curieuse, désire observer le spectacle. Monica cachée derrière la maison, prétend avoir préféré les attendre, n'ayant pas eu le courage d'affronter seule les vieux habitants grincheux. Jo et Fred estiment qu'il n'est pas besoin de les prévenir du futur passage de plaisanciers car étant retraités, ils n'ont plus rien à dire. Un bateau de location s'approchant, ils s'occupent de faire en sorte que le niveau d'eau du sas soit équivalent à celui du côté où se trouve l'avalant. La manœuvre des portes se réalise d'un côté par les filles et de l'autre par les p'tits mecs. Calie se dit qu'elles n'y arriveront jamais pourtant au bout d'un court instant, à force de secouer la barre dans tous les sens et de peser de tout son poids sur celle-ci, Monica décuplant sa force, arrive à faire bouger la porte. Ses grognements bruyants ont fait surgir les vieux mal aimés de la maison. Le batelier coincé dans le sas assiste avec sa famille à une scène disons peu commune. Calie coquine se positionne de façon à être en première ligne. Elle ne dit mot. Le gros bonhomme édenté et d'aspect sale hurle des sons. Il semble inaudible et mécontent. On le dérange car il ne supporte pas que des étrangers passent sur sa propriété. Ancien marinier, il n'accepte que le passage des péniches. Il gueule après les plaisanciers qui polluent la voie d'eau serpentant la vallée. Voyant l'Italienne s'approcher pour le saluer et le calmer, il la traite d'emblée de sale pute qui chaque année l'emmerde par ses gnagnasseries . Fred et Jo n'osent broncher et leur silence énerve le vieux qui s'excite tout seul. Sa mèmène fait des hochements de tête pour signifier qu'elle pense comme son homme. Il finit par demander qui est la p'tiote brune et quand il apprend que c'est une nouvelle éclusière, il l'observe puis apaisé, enfin rentre chez lui avec sa femme n'omettant pas de claquer la porte. Le bateau se dépêche de s'éloigner de la 14 pour stationner avant Crugey.

Tous à vélo sur la route, ils croisent le Chef dans sa voiture de fonction.

Il donne de nouvelles instructions pour l'après-midi.

Monica descend sur Pont d'Ouche où elle travaillera uniquement sur l'écluse n°20. Cela lui donnera le temps de s'occuper du repas puisque la cuisine est son domaine. Fred et Jo descendent manger pour ensuite travailler du côté de La Bussière-sur-Ouche. Phil fournit un sandwich à la gamine qui doit patienter avant l'arrivée de l'éclusier Eric à La Roche aux Fées. Caroline exécute un détour pour s'orienter sur le chemin menant à l'écluse verdoyante n°18. Heureuse de passer du temps seule dans l'endroit, elle emprunte pour la première fois le chemin de halage qui passe en bas d'une cimenterie fermée puis s'enfonce dans l'obscurité du tunnel arboré. Pédalant à un rythme lent et reposant, elle s'approche du lieu magique.

Pleine d'énergie dans cette ombre fraîche fendue de légers rayons ensoleillés, Calie s'imagine dans un théâtre. Elle pousse des cris discrets puis comme personne à l'horizon ne pointe le bout de son nez, les cris se font de plus en plus forts. Seule au monde, elle sent qu'elle peut ici tout se permettre. Elle parle, se raconte des histoires, caricature certaines personnes, puis enhardie, elle chante du Sylvie Vartan : *Changement de cavalière*, *La Maritza*, *L'amour c'est comme une cigarette*... Elle ne voit pas le temps passer. Elle utilise une barre pour s'assouplir puis danse le French Cancan pour finir sur l'une de ses chorégraphies contemporaines.

Subitement alors qu'elle est en pleine expression corporelle, des applaudissements se font entendre. Elle avait complètement oublié Eric tellement la solitude dans cet endroit l'accaparait. Elle s'assagit brusquement et ne dit mot. Ce jeune homme qui l'attirait tant la veille, l'oblige à stopper son cinéma. Elle est déçue. Il le remarque et gentiment lui adresse la parole. Il lui demande de continuer ce qui la rendait sublime. De loin sur son vélo, il avait l'impression de rêver et que plus il s'approchait plus sa vision se transformait. La muse faisait place à un ange pour muter en une charmante fleur dont la couronne ne demandait qu'à s'ouvrir. Il la fixe de ses beaux yeux bleus scintillants tout en murmurant des paroles inaudibles. Envoutée par un tel regard, la belle reste immobile se sentant dans un nuage de légèreté, de bonheur indescriptible et de volupté.

Il s'approche doucement de la belle la bouche entrouverte comme si la fleur restait imaginaire. Jamais ces deux êtres n'avaient connu une telle sensation. Le bruit du moteur d'un montant rompt l'enchantement et fait revenir nos amis sur terre. Le sas prêt, les portes grandes ouvertes, un superbe yacht s'installe en plein milieu de l'écluse.

Un couple charmant et amoureux salue les éclusiers et tout en nouant la corde d'abordage sur une bite, questionnent en anglais leurs jolis interlocuteurs au sujet d'une adresse d'un bon restaurant. Eric ne parle pas la langue mais souriant, il indique par des gestes un endroit adéquat. Calie malgré le fait qu'elle ait arrêté l'école de bonne heure, réussit à communiquer avec les marins de haute classe. Eric lui indique un restaurant réputé à Châteauneuf. La brunette essaie de traduire l'essentiel en précisant qu'ils devront amarrer après l'écluse 14 et prendre leur vélo pour monter jusqu'au fabuleux village. Ravi d'une telle réception au sein d'une écluse, les marins proposent aux jeunes de leur offrir un apéritif en fin d'après-midi juste avant de se rendre au restaurant. Un rendez-vous est fixé à 17 h30 juste après le passage de l'écluse 14. Entre temps le yacht arrêtera les machines dans le bief suivant pour rester au calme sous l'ombre des tilleuls qui apportent la fraîcheur alors que sous le soleil, la température grimpe à 38 degrés. Un été de canicule s'annonce.

Eric se met sur une barre de manœuvre près de Calie, le couple étranger fait le même exercice de l'autre côté. En tirant la barre, les doigts des jeunes s'effleurent. Le couple d'en face tout en forçant pour fermer leur porte, se penche pour regarder le lien qui s'établit entre les deux éclusiers. Les Anglais se sourient et adressent un clin d'œil au garçon. Eric monte sur l'une puis l'autre passerelle pour fermer les vannes empêchant l'eau à l'intérieur du sas de s'écouler en bas de l'écluse puis court vers les portes opposées pour ouvrir les vannes permettant à l'eau de remplir en un court moment le sas. Cette fonction terminée, il ne reste plus qu'à chaque couple de pousser les barres ouvrant les dernières portes. Les Anglais leur disent à plus tard et le yacht disparaît au loin.

Les éclusiers contents d'être invités attendent un bateau de location avalant situé près de Grugey. Ils n'ont pas besoin de vider l'écluse qui est dans l'état approprié c'est-à-dire dans le sens du courant de la voix navigable.

Le duo s'installe sur l'herbe en amont de l'écluse. Assis côte à côte mais n'osant ouvrir la bouche et se regarder, Eric pose sa paume de main sur la jeune et belle fille. Ils n'ont aucune idée du moment qui s'écoule mais ce délice partagé au milieu de ce paradis de verdure les fait frissonner. Un bruit de moteur se faisant de plus en plus fort les fait lever. Ils font comme si de rien n'était. De grands signes en guise de bienvenue et les touristes entrent dans l'écluse. Enchantés de leur séjour sur ce magnifique serpent d'eau verte, ils disent rentrer sur Pont d'Ouche pour rendre leur habitat de location. Pour eux, il s'agit de la fin des vacances. Ils veulent s'occuper eux-mêmes des barres de manœuvre. Eric est donc habilité à ouvrir les vannes en aval. Dans la joie et la bonne humeur, le bateau termine sa navigation.

Les deux éclusiers quittent nostalgiquement La Roche aux Fées pour se diriger vers les vieux méchants que Calie a découverts le matin même avec Monica, Fred et Jo. Elle a eu en effet le plaisir d'observer le manège du vieux bonhomme.

Tout en roulant, Eric lui raconte les rapports de l'an passé entretenus avec Gustave et Germaine. Pour lui, ce sont de braves gens qui s'enferment sur eux-mêmes. Ils sont d'une autre époque. Ils n'ont ni radio, ni télévision. Gustave rouspète continuellement et Eric aime le provoquer. Parfois, l'ancien batelier lui sourit.

Arrivés à destination, la coquine peut vérifier les dires de son ami. Ensemble, ils s'approchent de la porte d'entrée de la maison de l'écluse n°14. Eric tape des p'tits coups sur le bois. Des « ouais ouais … qu'ess que c'est » répondent de façon grincheuse. L'éclusier de l'année précédente ouvre la poignée et tombe sur Germaine. Cette large femme vêtue d'un tablier fleuri, passé et troué embrasse chaleureusement le bel homme blond aux yeux clairs avec un corps musclé sans l'être trop. Son sourire la fait chavirer…Le vieux répète « qu'ess que c'est ». Sa femme ne répondant pas à c'vieux con , Gustave pointe son nez et sourit à peine en gueulant des « Ah Oh c'est toi ? Ben alors ».

Eric présente son amie. Comme ils la trouvent jolie et agréable, ils la saluent gentiment. Et puis il s'agit d'une amie présentée par le jeune étudiant en médecine. Il n'a jamais dit qui que ce soit concernant Monica. Tout en surveillant le yacht, Eric plaisante avec le couple qui ne parle jamais à qui que ce soit. Germaine se détend, critique ouvertement son mari. Entre les deux, c'est l'amour vache.

Calie s'éloigne discrètement pour s'allonger au bord de l'écluse, surprise d'un coup de fatigue. Elle a aimé se lever tôt pour la péniche, mais maintenant son corps pèse une tonne. Se faisant caresser par le soleil, elle tombe dans les bras de Morphée.

Les trois individus se taisent évitant de la réveiller. Ils sont subjugués par l'image : un corps élancé paraissant encore plus grand allongé ; les cheveux longs et brillants sont étalés sur la pierre grise; les bras étendus au dessus de la tête; le visage parfait.

Eric prend un café à l'intérieur de la maison, la porte d'entrée laissée ouverte. Il rit et continue à faire l'imbécile avec Gustave. Il sait que le trafic fluvial s'estompe et que seul le montant des Anglais passera l'écluse. En fait, tout le monde laisse la jeune fille se reposer une bonne partie de l'après-midi.

A 17 h 30, les retraités disent au jeune homme qu'il serait temps de réveiller Calie car le dernier montant ne devrait pas tarder. Eric avance discrètement de la beauté, s'assoit en tailleur et caresse de ses doigts la cuisse droite de sa douce. Ouvrant ses yeux sombres en forme d'amande, elle lui rend son sourire. Ils restent figés ainsi indéfiniment jusqu'à ce qu'ils entendent le moteur du montant accédant au sas. Il prend la main de sa belle pour l'aider à se mettre debout. Les Anglais heureux de les retrouver les aident comme auparavant. Eric apprend à sa coéquipière l'utilisation des vannelles situées sur chaque porte de l'écluse. Chacune des manivelles à crémaillère nécessite les deux mains. Le sens de la manœuvre est tributaire du vidage ou du remplissage du sas. Il n'en demeure pas moins qu'au départ, malgré la force des mains, le corps pesant dessus, il faut essayer de libérer les premiers crans rouillés dans tous les sens du terme. Calie s'exécute dès la deuxième vanne de fermeture. Grâce au conseil de position du corps donnant davantage de poids, elle propose de continuer seule le reste du travail. Elle réussit parfaitement à effectuer le remplissage du sas. Les gens âgés sont sortis pour apprécier sa façon de faire. Les propriétaires du yacht applaudissent.

La petite peut désormais s'occuper seule d'une écluse de fond en comble même si la fonction des barres de manœuvres reste une lourde charge. De toute façon, en voyant la grosse pie, l'Italienne, secouer la barre dans tous les sens comme pour la débloquer, elle estime pouvoir en faire autant.

Une fois le montant passé, les éclusiers saluent amicalement les braves gens. En fait, ils vont légèrement plus loin de la maison pour déguster l'apéritif anglais. Ils ne s'attardent pas sachant que leurs compagnons sont peut- être à la maison. Ils empruntent le chemin le plus court et la route descendante jusqu'à Pont d'Ouche leur donne envie de faire la course. Se lâchant la main, ils foncent. Les cheveux au vent, Calie est au comble du bonheur. Elle ne se doute pas que l'histoire amoureuse s'achève une fois à destination.

Monica patientant depuis un moment voit arriver son chéri et se rue vers lui. La belle brune, le cœur brisé, baisse les yeux pour éviter de gêner le couple. La cordialité du Chef et des garçons lui change les idées. La soirée se déroule dans une ambiance électrique pour se terminer à la Marie Brizard, cette succulente boisson alcoolisée à la menthe.

Autonomie fonctionnelle

Dimanche étant un jour de travail, chaque éclusier dispose d'un jour par semaine. Un roulement s'établit et priorité est donnée aux couples. C'est ainsi que Phil retrouve sa bien aimée à Dijon et que Monica et Eric vont rendre visite à leur famille respective. Le Chef propose à Miss Caroline de profiter d'un de ses jours de congé pour lui expliquer l'histoire et le fonctionnement du Canal de Bourgogne.

Durant la première quinzaine de juillet, le trafic fluvial se fait de plus en plus dense. Les deux demoiselles travaillent ensemble une partie de la journée, puis doivent se séparer pour s'occuper chacune d'une à deux écluses différentes. De plus en plus d'éclusiers permanents s'absentent et sur le parcours de l'eau verte, chaque sas des écluses de la n°14 à la n°29 sera à manœuvrer par les remplaçants éclusiers.

Valérie accompagne Calie en direction de La Bussière-sur-Ouche. D'après l'alerte donnée par téléphone le matin de bonne heure, elles savent le nombre de bateaux avalants et montants devant naviguer sur le tronçon qui les intéresse. Certains des copains de mission dont Eric s'occupent des écluses de la partie aval de La Bussière : n° 27 Bouchot ; n°28 La Chaume ; n°29 Saint Victor.

Ensemble, les filles éclusent sur La Bussière puis à tour de rôle, l'une d'elle se rend sur les écluses n°25 Forge et

n°24 Angles tandis que l'autre manœuvre aux écluses n°23 Antheuil, n°22 Veuvey et n°21 Baugey.

Le corps de Calie s'est musclé et maintenant avec beaucoup d'efforts elle est capable d'utiliser seule la barre de manœuvre de chaque porte. Elle ne se fait pas prier lorsque les touristes désirent participer au travail.

Les allées et retours constants et l'organisation en fonction du sens pris par les navigants ne sont pas choses aisées. Elles ne prennent pas le temps de pédaler à leur convenance et s'activent au sein de l'écluse à manœuvrer. Calie admire tout de même les peupliers serrés qui bordent le chemin de halage. En 1981, ils sont gérés par la SEITA. Ces arbres gigantesques créaient autrefois une protection contre le vent lors des déplacements des bateaux tirés à la bricole, à la main, ou par les chevaux.

Les pêcheurs installés le long des rives saluent la belle mais cette dernière sur son vélo reste concentrée sur sa vitesse. Elle craint également pour sa sécurité. En fait souvent un chien errant lui court après jusqu'à lui mordre les mollets découverts. D'autre fois, c'est un serpent qui frôle les roues de sa bécane. On a beau lui signifier qu'il s'agit de couleuvres, elle a en horreur tous les animaux rampants. Certaines écluses sont complètement isolées dans la campagne, à proximité des terres agricoles loin de la départementale.

Quand Calie termine la journée pour rejoindre la communauté, elle termine le vidage de l'écluse 21 Baugey et pense alors aux fameux acteurs Depardieu, Miou-Miou et Dewaere. Les autres éclusiers rentrant à Pont d'Ouche la rencontrent de temps en temps sur ce lieu. Ils remontent alors tous ensemble à la maison.

Monica passe essentiellement ses journées à l'écluse n°20 Pont d'Ouche. Cela lui permet d'aller dans la maison exécuter sa tâche préférée : la cuisine. Avant l'âge, elle agit telle une véritable mama qui commande le petit groupe et surtout son soi-disant fiancé.

Le rituel des journées et soirées demeure intact. Les fortes occupations sous un soleil de plomb éreintent la jeunesse.

Les rapports entre les deux tourtereaux Eric et Calie deviennent amicaux en présence de leurs partenaires. Ils se font tendres dans de trop rares occasions. Toujours entourés avec Monica qui veille au grain, ils ne peuvent s'isoler. Seul le Chef pourrait décider à les réunir pour travailler ensemble mais le trafic sur le Canal se densifie. Les tâches éclusières individuelles évolueront jusqu'au 20 août. L'équipe éclusière restera inchangée jusqu'à la rentrée.

Les regards intenses entre les amoureux d'un nouveau genre s'exécutent discrètement et le sourire permanent à destination de Caroline fait que celle-ci sent qu'elle lui plaît vraiment. Elle, elle est amoureuse. Si jeune, elle garde des principes moraux. Elle ne sera jamais avec un homme marié ou vivant à la colle. Elle ne peut s'empêcher tout de même à trouver le couple Monica-Eric complètement désassorti. Elle remarque d'ailleurs que cette fille est très intéressée. Son homme sera médecin, et pour une fille issue d'un milieu ouvrier italien, c'est une aubaine de rentrer dans une famille dont le patriarche est nommé Doyen de la Faculté.

De tout cela, la plus jeune et jolie éclusière en a bien conscience. A force d'observer les divers comportements des adultes, elle ressent les choses. C'est inné chez elle.

Lorsque le soir après le repas, la musique se manifeste et qu'elle se met dans le rythme en créant des mouvements gracieux, elle n'a pas besoin de se retourner pour voir le public la contempler. Tout en dansant, elle sait que le blondinet l'observe et qu'il aimerait être avec elle. Elle pense aussi qu'Eric est lâche face à cette cuisinière bavarde qui le materne. Alors elle continue son solo s'évadant dans l'osmose de ses mouvements dans la musique. Elle apprécie la Marie Brizard que lui verse dans un verre Phil. Et puis elle se met à fumer ce qui contribue à la faire planer.

Calie aura passé trois semaines sur la portion du Canal menant de Pont d'Ouche à Saint Victor-sur-Ouche. Elle accompagne les bateaux sur deux à trois écluses. Les allées retours en bicyclette sont incessants. A peine a-t-elle terminer le passage d'un à trois bateliers qu'elle doit retourner à trois écluses plus bas et inversement. Ce qui fait qu'en une journée, elle parcourt jusqu'à soixante kilomètres sur la bécane de son père. Tout en pédalant d'une écluse à l'autre, elle croise ses confrères qui font la même chose qu'elle. Pris par le temps, ils ont du mal à communiquer. Le travail fatiguant pour tous surtout avec une chaleur à la limite du supportable fait que les soirées se réalisent de manière hebdomadaire.

Caroline aimerait profiter de la campagne et de ses beautés surtout lorsqu'elle manœuvre au sein d'une écluse isolée et donc loin de la route départementale. Le temps presse et la forte cadence sur cette partie du Canal demeure jusqu'à mi-août. La belle n'a pas rendu visite aux petits vieux de l'écluse 14 Bouhey car jusqu'à présent Phil et les autres lui ordonnaient de travailler côté Dijon.

Déçue, elle rêve également de l'écluse préférée : La Roche aux Fées.

L'éclusière à part entière

Fin juillet, chacun a pris ses habitudes. Dans la maison bleue tout est parfaitement organisé. Plus besoin de faire la queue à la douche, certains la prennent le matin, les autres comme Calie optent pour se laver le soir.

Des problèmes professionnels s'installent et des revendications de la part des habitués des écluses se font entendre. L'ambiance générale s'en ressent. Le Chef décide de procéder à une réunion de travail un soir de fin juillet pour faire une mise au point.

En dehors d'Eric, les garçons ne veulent plus se rendre en direction de Pouilly-en-Auxois. Ils ne supportent pas les insultes de certains vieux retraités habitant les maisons jouxtant les écluses.

Ils nomment notamment Gustave de la 14 Bouhey. Et puis à Crugey, ils en ont marre de l'idiot du village à la n°16. A Sarrée, la n°19, le berger allemand en liberté n'arrête pas de les agresser à chacun de leur passage. Eric lassé de parcourir toujours les mêmes endroits désire se rendre à l'opposé de son trajet et donc travailler du côté de Saint Victor-sur-Ouche. En son for intérieur, il espère retrouver Calie et profiter de leurs moments précieux. Il aimerait tant partager avec la jeune fille le délice qu'ils avaient gouté à La Roche aux Fées trois semaines auparavant déjà. Monica l'étouffe, et il n'a guère l'occasion d'être en intimité avec la belle qui l'excite de plus en plus surtout lorsqu'elle exécute des danses qu'il estime sensuelles. Lorsqu'ils se retrouvent seuls dans une pièce, de rares caresses futiles sur la joue de la petite sont concrétisées.

Le Chef prend donc des dispositions. Primo, il demande si quelqu'un désire se rendre entre l'écluse 18 La Roche aux Fées et la 14 Bouhey. Personne ne souhaitant aller dans cette direction, Calie accepte l'offre sans se faire prier. Phil désigne d'emblé deux candidats qui à tout de rôle devront aider la jeune fille en s'occupant des écluses n°19 Sarrée, n°17 Rempart, n°16 Crugey. Fred ou Jo n'emprunteront que la voie routière la plus directe et donc plus rapide. Seule Caroline est agrémentée pour prendre le chemin de halage qui contourne l'écluse isolée de La Roche aux Fées. La n°15 Fontenis étant manœuvrée par les enfants des éclusiers absents, la fameuse éclusière s'occupera essentiellement de la n°14 Bouhey et de la n°18 La Roche aux Fées.

Les étudiants ne veulent plus s'occuper des péniches. Se lever à l'aube pour rejoindre un marinier grincheux constitue un lourd sacrifice.

Encore une fois, Calie postule pour la mission. Parmi les bateaux qu'elle voit passer sa préférence va aux péniches qu'elle a rarement l'occasion de voir passer la journée. Leurs différences intriguent la curieuse par leurs chargements divers, leurs formes et couleurs. Ravis, ses collègues apprécient de se dégager de la fonction. Phil précise à la belle qu'elle sera seule à manœuvrer les écluses le matin de bonne heure, personne ne voulant l'accompagner.

Les garçons souhaitent également que leur jour de congé soit un dimanche pour se rendre à Dijon. Phil se sacrifie sachant que sa chérie viendra lui rendre visite. Il en profite pour se fixer un même jour de repos que Calie pour lui enseigner son savoir à propos du Canal de Bourgogne. Ravie, elle acquiesce bien évidemment. Phil si amoureux de son travail lui donne envie d'apprendre.

La mise au point terminée et l'équipe satisfaite excepté Eric, chacun lève son verre et trinque à la réconciliation. Les tensions dissipées, la joie est au rendez-vous. Le groupe réclame les danses de Calie qui se lâche comme jamais.

Dorénavant et cela jusqu'à la fin de son contrat, Caroline s'oriente de son côté préféré.

Tous les matins de bonne heure et de bonne humeur, l'éclusière se rend à l'écluse où se trouve une péniche. Elle emprunte la direction en fonction de l'appel reçu lui indiquant la position du navigant.

Elle peut aller jusqu'à Saint Victor-sur-Ouche ou Bouhey mais en principe la péniche se situe dans un bief non loin de Pont d'Ouche. Seule à bicyclette, elle ne sait jamais à quoi et à qui elle aura affaire. Curieuse, elle aime la découverte et tout le temps la jeune fille sexy est appréciée des mariniers. Non seulement ils la respectent mais en plus ils l'aident à manœuvrer les barres d'ouverture et de fermeture des portes. Elle aime la tenue vestimentaire et la simplicité de ces travailleurs. N'en revenant pas qu'elle soit aussi matinale, courageuse avec un sourire accueillant, bien souvent, ils lui offrent un remontant : un petit blanc ou de la gnole.

Un peu pompette, elle quitte joyeusement le batelier. Elle va vite dans une boulangerie s'acheter une pâtisserie et se prend un café serré. Elle apprécie le calme du moment entre le passage de la péniche et l'heure où les plaisanciers commencent à bouger, après 9h.

A l'aube, dans les villages de campagne, les touristes dorment, les automobiles sont rares sur la départementale et la rosée du matin devient agréable. Elle adore contempler la condensation du Canal qui donne l'impression qu'un nuage de fumée l'habille. La fraîcheur et l'odeur naturelles sont des facteurs énergisants. L'éclusière se sent pousser des ailes et les coups de pédale sur sa bécane ne constituent plus un effort. Ses membres inférieurs se sont galbés et ses nouveaux muscles ne font que l'embellir. La force de Calie s'est émancipée, elle utilise tout son corps pour bouger les portes du sas.

Après trois semaines d'absence, elle visite Gustave et sa femme. Germaine l'embrasse comme du bon pain et Gustave lui donne un café alléchant. Ils discutent et la petite les fait rire.

Ils en passeront des heures ensemble. Et puis la tarte aux abricots proposée à la gourmande deviendra quotidienne.

Confectionnée par Gustave, ce dernier montre sa fierté découvrant le plaisir de manger de la fillette.

Les journées passent à une vitesse…. !

A La Roche aux Fées, Calie seule dans ce petit coin de Paradis adore patienter la venue des vacanciers. En les attendant, elle continue sa comédie s'imaginant sur une scène de cabaret. Son public correspond à la verdure environnante.

Elle crée de nouvelles chorégraphies et une danse classique ou contemporaine remplace les petits pas. Ayant pu s'assouplir, elle lève la jambe jusqu'à sa tête et toujours en équilibre effectue d'amples mouvements avec ses bras. Concentrée dans ses réalisations, elle n'aperçoit pas l'arrivée des plaisanciers qui admirent le spectacle gratuit.

Ses rapports avec les touristes sont de plus en plus conviviaux. Dommage qu'ils ne font que passer, elle s'en ferait bien des amis !

Sa timidité a disparu : place à l'émancipation totale, à la séduction et au culot.

Instructions du chef

Le jour fixé par Phil pour instruire la Calie correspond au jeudi de la première semaine d'août. Il l'invite à s'installer dans son bureau.

Avant d'entamer la leçon, le Chef tient à complimenter l'éclusière. En effet, au courant de tout, Phil connaît les éloges que l'on dit sur la petite. Il estime aussi que le travail d'éclusière la métamorphose. Plus belle que jamais, elle s'intègre aisément au groupe. Son caractère facile fait que jamais elle ne hausse le ton. C'est une fille agréable à fréquenter. Cela change des disputes entre Monica et les autres.

Il se confie également à son interlocutrice sincère. L'amitié entre eux est évidente. Calie considère le Chef comme son protecteur. Il est son sauveur pensant à sa vie d'avant le Canal. Parfois avec sa moustache et son côté viril, il l'impressionne mais sa confiance en lui est infinie.

Après avoir discuté sur leur vie respective, Phil suspend au tableau une carte de la France pour indiquer le parcours des canaux :

Le Canal du Charolais appelé Canal du Centre

Le Canal de Bourgogne

Le Canal de la Saône au Doubs

Le Canal entre la Champagne et la Bourgogne

Le Canal du Midi reliant l'Atlantique à la Méditerranée.

Passionné par cette voie d'eau, le professeur donne à la petite un aperçu historique du Canal de Bourgogne.

Le Canal de Bourgogne est un canal à bief de partage qui relie l'Yonne (Bassin de la Seine) à la Saône (Bassin du Rhône) en franchissant le seuil de Pouilly-en-Auxois par un souterrain de 3349 mètres de longueur. Long de 242km, il comporte 189 écluses (76 sur le versant Saône et 113 sur le versant Yonne). Ce canal permet le passage des péniches au gabarit Freycinet soit 38,50 m de longueur et 5,25m de largeur. La profondeur d'une écluse est dans l'ordre de 2,10 m.

L'entreprise réalisée par l'être humain représente un ouvrage essentiel pour le transport des marchandises.

En 1786, pour commémorer l'ouverture des deux principaux canaux de la Bourgogne, un obélisque fut érigé sur le Port du Canal de Dijon donnant sur la Place du 1er Mai, un deuxième obélisque fut conçu à Chalon-sur-Saône vers l'entrée du Canal du Centre.

Le 14 Décembre 1808, les premiers bateaux entrent dans le Port de Dijon. Le 28 Décembre 1832 le premier bateau traverse le bief de partage, concrétisant ainsi un projet envisagé pour la première fois trois siècles plus tôt. Grâce à ce bief de partage de Pouilly, le Canal de Bourgogne était livré à la navigation sur toute sa longueur. La liaison entre la Mer du Nord et la Méditerranée était assurée.

Le Chef interrompt la leçon pour converser avec Calie. Il lui demande si le discours ne la barbe pas et s'il existe chez elle des difficultés de compréhension. Elle répond par la négative. Son regard plein d'éclat prouve qu'elle aimerait en apprendre davantage. Alors après avoir fait une pause café, le professeur continue son discours.

L'intention de relier l'Océan à la Méditerranée par la Bourgogne remonte au XIe siècle sous le règne de François 1er et sans doute sous le règne de Louis XII. Tous deux voyaient dans ce projet une importance stratégique et économique pour le royaume.

C'est en 1606 sous Henri IV seulement que furent prises les premières dispositions financières pour permettre la construction du Canal de la rivière de l'Ouche depuis Dijon jusqu'à Saint-Jean-de-Losne.

Puis le projet resta en sommeil pendant près d'un siècle jusqu'à ce que Vauban rédige en 1696 un mémoire où il examine à titre de directive, les différentes solutions possibles de jonction des deux mers. Les plus réalistes concernent la jonction de l'Yonne à la Saône par le seuil de Pouilly. De nombreuses études nourries par les luttes d'influence et les querelles techniques furent effectuées.

En 1724, Les Etats de Bourgogne chargent Monsieur Abeille d'étudier le passage du canal par le Vallon de Pouillenay. Ce projet sera finalement retenu vers la fin du règne de Louis XV. Hélas, l'état des finances du royaume obligea à différer les travaux jusqu'en 1775. Cette année-là la restriction des crédits contribua également à la lenteur de l'entreprise.

La réalisation d'un emprunt de 25 millions de francs permettra en 1822 d'achever la construction du canal. Soixante-huit ans plus tard eut lieu le creusement de cinq réservoirs assurant l'alimentation du canal au moyen de rigoles.

De 1879 à 1882 furent réalisés les travaux de mise au gabarit Freycinet par exhaussement des berges, la surélévation des ponts et l'allongement des écluses.

Jadis florissante, la navigation commerciale a aujourd'hui pratiquement disparu pour faire place à la navigation de plaisance. L'idée de départ de la conception du Canal de Bourgogne pour faciliter le transport d'armes et de marchandises est contrariée par la concurrence du Chemin de Fer et des réseaux routiers puis autoroutiers. En effet, la rentabilité économique primant, la quantité des marchandises à livrer et la vitesse de ces moyens de transports modernes ont fait en sorte que l'on a délaissé la navigation fluviale.

Calie interroge Phil à propos des hommes de l'époque qui vivaient le long du trajet de la voie d'eau à creuser. D'après lui, le Royaume puis les Etats de Bourgogne ont dû procéder à l'expropriation de leur habitat, de leurs terres. En compensation, ils perçurent une indemnité évaluée en fonction de leurs possessions.

Il dit que la lenteur des travaux s'explique aussi par le fait qu'en temps de pluie, ceux-ci furent arrêtés. Il fallait en plus s'occuper de l'hébergement des ouvriers. Ils devaient en outre pallier à l'étanchéité des lieux creusés.

Tout cela contribue à valoriser ce patrimoine qui aujourd'hui permet la découverte de la voie d'eau verte serpentant la vallée.

A propos du souterrain du bief de partage situé à Pouilly-en-Auxois, il mesure 3348,87 mètres. Percé entre 1826 et 1832, sa largeur au niveau des socles est de 5,70 m et au niveau des naissances de 6,20 m. Ce tunnel sert à franchir la chaîne de montagnes séparant le Bassin de la Seine et celui du Rhône. Les socles du souterrain sont à 377 m au-dessus du niveau de la mer. Galliot, mécanicien émérite, est inventif et pratique. De 1885 à 1910, il procède à différentes améliorations comme l'établissement du touage électrique dans le tunnel de Pouilly, l'étanchement des digues…

Pendant longtemps, les mariniers traversaient le tunnel en poussant leur bateau à la gaffe et en se hâlant à la main sur une chaine fixée à la voûte.

De 1867 à 1893, la traversée s'effectuait grâce au toueur mû par une machine à vapeur puis au moyen d'un toueur électrique amélioré dans les années quarante.

Phil montre à l'élève un schéma expliquant les deux versants du Canal dont les écluses forment des sortes de marches permettant l'accès des bateaux de l'amont à l'aval dans le sens du courant.

La leçon terminée, Calie remercie sincèrement son Chef qui part à la pêche aux écrevisses au bord du Canal face à la maison de fonction.

Calie reste rêveuse sur ce qu'elle vient d'apprendre. Elle sent qu'elle appréciera toujours plus son travail d'éclusière. Et puis cet enseignement déclenche en elle l'envie de s'instruire enfin. Elle décidera ses parents de l'inscrire dès la rentrée à la Faculté de Droit de Dijon pour qu'elle fasse une Capacité en Droit. Elle connait par Fred et Jo le programme et le peu d'heures de cours donnés pour ces études. Cela ne l'empêchera pas de continuer son travail de fleuriste.

La fin du job d'été

La routine s'installe. Certains membres de l'équipe ont hâte que le travail s'achève. Ils commencent à souhaiter leur rentrée à la Faculté. Ces intellectuels veulent terminer au plus vite leurs études ayant chacun leur ambition professionnelle. Eric n'est pas pressé d'entamer sa troisième année de médecine. Il est à l'aise au sein du groupe et surtout appréhende de quitter la relation subtile avec la fille qu'il a découverte véritablement à La Roche aux Fées.

Valérie est rentrée plus tôt que prévu pour s'envoler vers d'autres horizons avec ses parents, Calie dispose donc de l'immense chambre pour elle seule. Elle en profite le soir pour s'isoler lors du vacarme de ses partenaires avant le dîner.

Sentant la fin de leur séjour, les repas du soir s'éternisent et des Bans Bourguignons deviennent quotidiens. Cette coutume bourguignonne consiste à faire des « la la , la la la la lère » en faisant les marionnettes avec les mains puis en chantant « la la la, la la la… », à frapper des mains pour finir par un « OU … » en levant les bras. Ces bans bourguignons sont destinés à la cuisinière et au Chef.

Le trafic fluvial étant moins dense, les jeunes moins fatigués de leur journée et donc plus décontractés décident de faire la fête tous les soirs.

La Marie Brizard est servie à volonté.

Notre belle éclusière profite des derniers jours pour passer tout son temps à l'écluse n°18 de La Roche aux Fées et auprès de ces vieux amis à la n°14 Bouhey. Elle s'applique à manœuvrer l'écluse comme jamais. Elle continue à effectuer son travail dès l'aube, seule, et profite de toute sa curiosité.

Lorsqu'elle se trouve à l'écluse n°14 Bouhey, elle fixe la forteresse médiévale, le fameux village de Châteauneuf, haut perché sur la colline entourée de terres agricoles ocres. Elle s'imagine alors vivre dans des temps anciens…

L'attente des avalants et des montants se fait de plus en plus longue. Calie a dû apprendre la patience qu'elle n'avait point auparavant.

Elle s'imprègne de tous ses derniers instants à la campagne. Son séjour à Pont D'Ouche l'aura complètement métamorphosée tant physiquement que moralement.

Elle aura davantage apprécié la solitude de la journée aux javas nocturnes.

Des projets plein la tête, elle semble ravie de prendre des initiatives à la rentrée. Elle se sent apte à devenir fleuriste à part entière et désire s'instruire avec des gens de son âge. Elle travaillera tout en étant étudiante en Droit. Sa soif de connaissances devient sans limite alors qu'avant, n'aimant pas le collège, elle ne voyait pas l'utilité d'apprendre. Elle doit ce nouveau désir aux leçons passionnantes du Chef notamment celle qui concernait l'histoire du Canal de Bourgogne.

L'éclusière a du mal à quitter la n°18 La Roche aux Fées, l'écluse isolée de tout mais tellement source d'inspiration pour l'artiste.

La magnifique campagne bourguignonne va lui manquer sans compter les paysans, les pêcheurs et les diverses odeurs en fonction du moment de la journée.

L'heure du départ sonne et chacun du groupe salue le Chef génial. Celui-ci, la larme à l'œil, propose à qui le veut de revenir l'année suivante. Pour Monica, Eric et Calie le rendez-vous est pris.

Le couple quitte les lieux avant la jeune éclusière.

Même s'ils ne le montrent pas, en s'embrassant, l'étudiant en médecine et la belle brune ressentent un pincement au cœur. Ils ne savent pas encore que des circonstances exceptionnelles feront en sorte qu'ils se retrouveront au cours de l'année.

Le Chef Phil ferme la porte de la maison bleue et prend les bagages de la petite pour les déposer dans le coffre de son automobile. Il la ramène à Dijon chez ses parents. Lors du parcours sur la départementale, Calie admire pour la dernière fois le Canal de Bourgogne et ses écluses. Elle s'attendrit devant chaque endroit ou elle éclusait… Elle ne loupe aucun village jusqu'à Saint Victor-sur-Ouche.

Arrivés à Pont de Pany, elle envie le Chef qui reviendra auprès de la grande Dame Nature.

A Dijon, les parents de Calie ne reviennent pas de sa métamorphose. Son corps à changé, elle paraît avoir muri et son visage respire la santé. Ils remercient chaleureusement Phil de s'être si bien occupé d'elle.

La fille se mêle aux discussions sans honte ni gêne et toujours avec le sourire. Elle manifeste ses projets de reprise des études et son désir de s'inscrire aux cours de danse.

Au moment de se séparer du Chef, des larmes de reconnaissance mouillent ses joues. La relation de confiance s'est muée en une belle histoire amicale. Ils savent qu'ils se retrouveront l'année suivante pour poursuivre ensemble la vie d'éclusier.

Ils se font un clin d'œil.

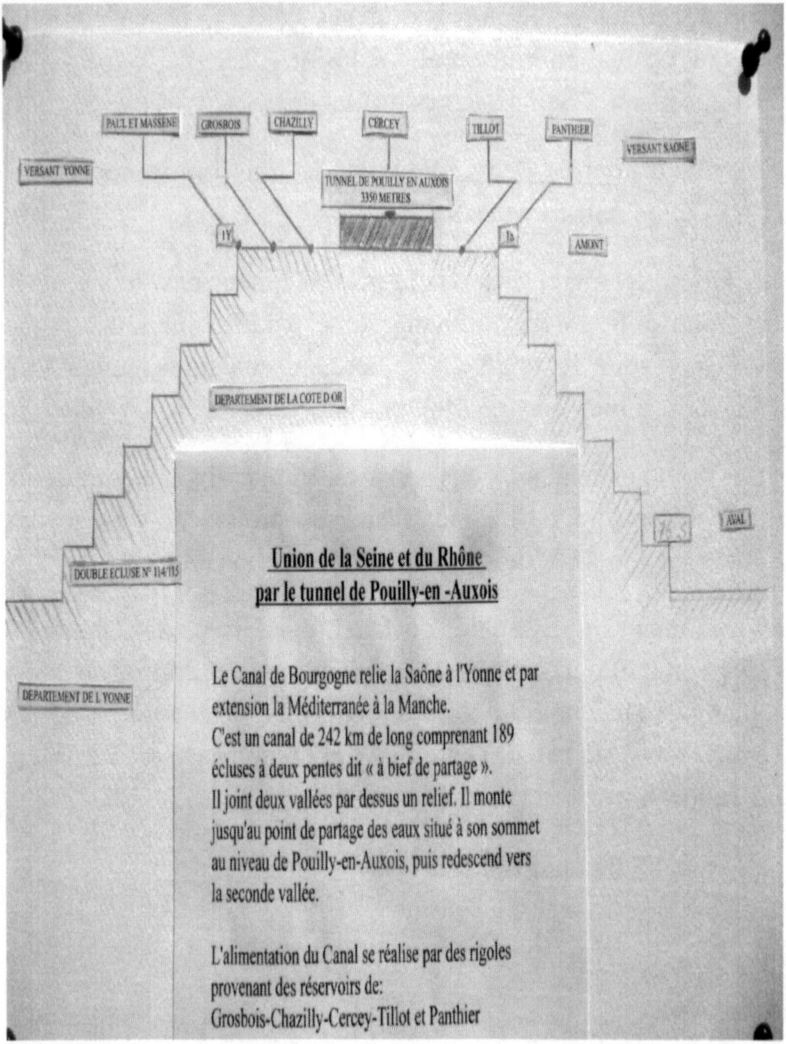
PAUL ET MASSENE
GROSBOIS
CHAZILLY
CERCEY
TILLOT
PANTHIER
VERSANT SAONE
VERSANT YONNE
TUNNEL DE POUILLY EN AUXOIS
3350 METRES
1Y
1S
AMONT
DEPARTEMENT DE LA COTE D OR
AVAL
DOUBLE ECLUSE N° 114/115
DEPARTEMENT DE L YONNE
Union de la Seine et du Rhône
par le tunnel de Pouilly-en -Auxois
Le Canal de Bourgogne relie la Saône à l'Yonne et par extension la Méditerranée à la Manche.
C'est un canal de 242 km de long comprenant 189 écluses à deux pentes dit « à bief de partage ».
Il joint deux vallées par dessus un relief. Il monte jusqu'au point de partage des eaux situé à son sommet au niveau de Pouilly-en-Auxois, puis redescend vers la seconde vallée.
L'alimentation du Canal se réalise par des rigoles provenant des réservoirs de:
Grosbois-Chazilly-Cercey-Tillot et Panthier

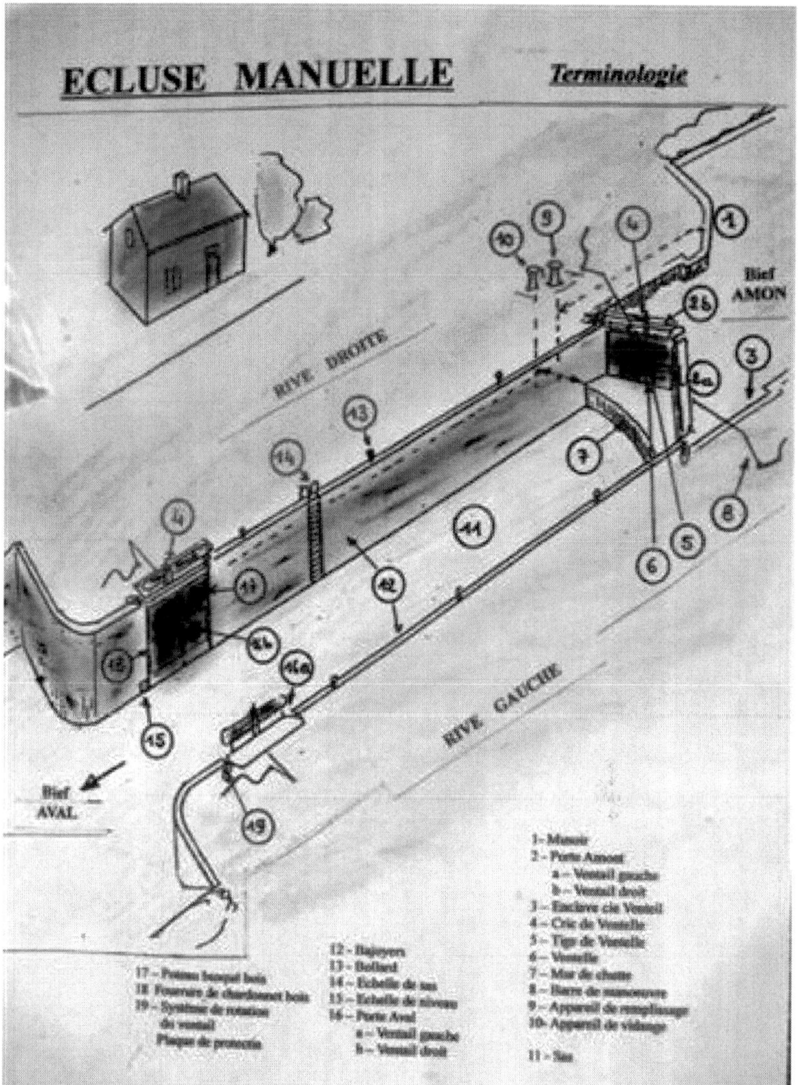
ECLUSE MANUELLE
Terminologie
RIVE DROITE
Bief
AMON
RIVE GAUCHE
Bief
AVAL

MERCI PROFESSEUR !

© Smoking et pose

La norme

La norme voudrait que lorsque l'on rencontre sa moitié, on s'en contente et on essaie de lui rester fidèle. Avant de la trouver, bien souvent plusieurs connaissances et liaisons sont possibles. Elles permettent la comparaison entre les êtres et en fonction de l'âge et surtout de la maturité de s'engager plus ou moins sérieusement.

On s'observe, se sourit durant un moment. La séduction réciproque peut en rester là et chacun se quitte sans savoir si l'occasion en valait la peine.

Le plaisir reste éphémère mais peut conduire les personnes à la satisfaction personnelle et donc à la confiance en soi.

Lorsque l'homme ou la femme s'approche tentant de faire plus ample connaissance, chaque interlocuteur étudie l'autre dans toute son attitude. L'odeur est essentielle car quand on ne peut pas se sentir, mieux vaut ne pas s'attarder en prenant ses jambes à son cou.

On s'exprime, on se plaît, on se fréquente, on passe du temps à vivre ensemble. L'harmonie au sein du couple existant, on présente la personne aimée aux amis puis à la famille. Il s'en suit la bague au doigt puis la conception des fruits de l'union.

Les couples d'antan duraient car souvent la femme supportait les frasques de son homme qui lui assurait confort et statut. La femme d'untel avait tout intérêt à garder son nom, son mari et sa place de femme mariée dans la Société. Souvent malheureuse mais acceptant son sort, jamais elle n'osait demander une séparation ne serait-ce que de corps. Tant pis pour les cornes !

Le divorce constituait l'exception.

Dans les années 1980, l'acte de séparation devient de plus en plus la règle.

La plupart du temps au bout de quelques années, après des crises de mal être au travail ou dans son foyer et surtout après du cocufiage à volonté, on se sépare, on divorce en se querellant à propos de la charge des enfants.

La norme voudrait également qu'en matière d'enseignement, chaque petit français soit obligé d'aller à l'école jusqu'à l'âge de 16 ans. En principe l'élève continue sa scolarité jusqu'au Bac au minimum. Les possesseurs de bonnet d'âne préfèrent arrêter l'école le plus tôt possible. Alors dès la 3ème au collège, ils sont orientés dans des centres d'apprentissage professionnel. Ces CAP préparent comme leur nom l'indique les non intellectuels à apprendre un métier. Ils continuent un enseignement particulier tout en passant quelques semaines par mois dans une entreprise. Leur carrière semble tracée et chacun s'intègre dans sa nouvelle existence.

Bien évidemment, il arrive que la voie choisie au départ sous l'influence parentale ou du corps enseignant ne soit pas tolérée par l'adolescent. Il changera une fois, deux fois d'orientation professionnelle pourvu qu'il trouve sa vocation.

Lorsque l'élève suit correctement sa scolarité, en général il apprécie la connaissance et désire poursuivre des études plus ou moins longues pour s'engager dans une carrière professionnelle souhaitée. Des personnages particulièrement doués constituant ce que l'on appelle « des têtes » n'ont en principe aucun souci à se faire pour leur avenir. Ceux-ci feront de grandes écoles pour finir Enarques, Polytechniciens, Ingénieurs ou autres…

Et les Cancres, les Rebelles, les Paresseux ? Que deviennent-ils ? Des laissés pour compte dans la Société !

Autrefois, ils se casaient facilement dans de nombreux domaines. Ils se faisaient leur place et le temps passé dans l'Entreprise privée ou publique leur permettait de gravir les échelons. Ils s'en sortaient toujours. C'était l'époque des Trente Glorieuses où chaque individu trouvait un emploi (sans la nécessité d'avoir un diplôme) en le changeant à sa guise et réalisait son joli parcours professionnel.

Nous sommes à la rentrée 1981

La fillette, ayant quitté l'école à quatorze ans, va complètement s'émanciper.

Des amours, il lui en faudra toujours davantage.

Et pourquoi ne pas reprendre des études même pour faire semblant ! Juste pour le statut d'étudiante ou pour fréquenter des gens de son âge.

Changement d'orientation professionnelle

La famille Chapuis discute du devenir de leur fille. Celle-ci a déjà travaillé durant trois années dans le commerce familial des fleurs. Caroline a pris « du poil de la bête » depuis ces deux mois d'été passés à la campagne au bord du Canal de Bourgogne.

La belle intimidée qui passait son temps à laver le sol de la boutique, à changer l'eau des fleurs et à travailler dans l'atelier est devenu un être culotté ayant bon goût qui ne doit plus perdre son temps dans l'apprentissage. Le nombre de vendeuses au sein des magasins de fleurs étant suffisant, Romain Chapuis décide de converser avec son beau-frère Jérôme, propriétaire d'un magasin d'ameublement dans la même galerie commerciale que Pervenche.

Il sait que Jérôme ne garde pas son personnel et qu'il a toujours besoin de vendeuse. L'oncle est attaché à la jeune fille dont il apprécie particulièrement la beauté. Il est veuf depuis une vingtaine d'années et ses deux filles qu'il adore font des études à Paris. Il se sent seul et fréquente tout le temps sa sœur avec laquelle il se dispute pourtant régulièrement. Suite au repas organisé chez les Chapuis, la décision est prise et dès le lendemain, Jérôme accueille sa nièce au magasin.

Caroline connaît les lieux car dès l'enfance, elle rendait souvent visite à son oncle qui la gâtait et lui permettait de jouer à cache-cache dans ce magasin de bric à brac. L'espace de 200 m2 est inondé de marchandises.

A l'entrée, des modèles de voilages et de tissus d'ameublement sont exposés joliment grâce à l'appareil conçu exprès. Le stock de ces modèles est entreposé au fond du magasin

A droite du bureau faisant office de caisse se tient un rayon rectangulaire de mercerie. Caroline admire les couleurs et les formes des boutons, les fils dont les rouleaux sont de différentes tailles, et surtout les rubans en satin ou en velours qu'elle se verrait bien mettre dans ses cheveux.

Derrière la caisse, un immense appareil éclairé met en valeur des nappes et bulgommes vendus au métrage. En avant de ce présentoir se dresse une banque longue de 3m50 sur 1m80 de large recouverte de moquette verte. Cette banque sert de table d'exposition et de découpe.

A droite de l'entrée, deux lits Tréca et Epeda donnent envie de s'y étendre tellement l'épaisseur des matelas dont les coutils sont teintés d'or semble confortable.

Entre les lits et derrière l'une des vitrines, on marche sur des tapis mécaniques de chez France Tapis et sur des peaux de vaches dont les normandes sont les plus grandes et les plus belles. Caroline ne résiste pas à la tentation de caresser la douceur et l'épaisseur des peaux de moutons de Nouvelle-

Zélande en s'approchant d'une gigantesque machine moderne sur laquelle sont fixées des rolls de moquettes et de sols plastiques vendus en 4m de large. Jérôme montre le fonctionnement de l'engin au moyen de boutons qui permettent la manœuvre avant arrière des rouleaux.

Tout au fond du magasin, une porte mène dans une pièce faisant office de vestiaire et de toilettes.

Une deuxième porte, ouverte constamment, située à l'extrême droite des toiles cirées permet l'accès à la tringlerie, à ses accessoires et aux divers outils et clous.

Voyant la gamine à l'aise dans cet environnement, son oncle l'invite à prendre un café pendant que sa première vendeuse Nelly garde son commerce.

Tout en dégustant sa menthe à l'eau, Calie écoute attentivement son nouveau patron. Elle apprend qu'il lui versera 500 francs par mois pour commencer. Il lui avoue ne pas désirer la déclarer en tant que vendeuse vu sa jeunesse et pour éviter de payer des charges. Il lui demande de s'inscrire à la Faculté de Droit afin de faire une Capacité en Droit pour laquelle l'obtention du bac n'est pas indispensable. Ainsi, elle aura le statut d'étudiante et la sœur de Jérôme continuera à percevoir les allocations familiales.

La gentille brune ne contrarie jamais ses aînés. Elle ne se rend pas compte de la nécessité d'être déclarée en tant que vendeuse.

Elle ne se doute pas des années qu'elle passera dans ce magasin sans jamais obtenir la moindre feuille de paie.

Elle conserve sa liberté pour se promener dans le centre commercial à ciel ouvert à condition de profiter de l'absence momentanée de clients. Et puis elle partira quand elle le jugera nécessaire pour suivre ses cours de conduite et de droit.

La première vendeuse la met au courant du travail à effectuer. Parmi les différentes marchandises à proposer aux clients Caroline apprécie des ouvrages de dames tels des tapisseries et des napperons à broder. Ils se trouvent à proximité de la grande banque verte et des écheveaux numérotés de laine, de coton et de mouliné de toutes couleurs. A chaque fois qu'une cliente achète une tapisserie (par exemple) sur laquelle figure les numéros et quantités nécessaires des laines, cotons à la réalisation de celle-ci, on doit lui fournir ce qu'elle choisit avec des aiguilles et un dé.

Caroline commence d'ailleurs à vendre ces ouvrages car elle désire chercher les écheveaux dans les tiroirs du petit meuble sur lequel figurent les tapisseries. Au début, elle aime s'occuper de la mercerie mais cela ne durera qu'un temps.

Dès l'ouverture, à 9h, les clientes déjà nombreuses et impatientes attendent derrière la porte du magasin. Elles entrent sans attendre que le personnel ait pris le temps d'effectuer un déballage de tapis à mettre sur la balustrade, des engins à roulettes sur lesquelles figurent des coupes de voilages et tissus bradées, des peaux de chèvre à installer devant l'une des vitrines de la façade principale, des oreillers et traversins en dacron ou en plume posés à même le sol et des coussins et dessus de chaise de chez Cinda disposés avec goût sur un appareil à roulettes bas.

Caroline se sent apte à vendre, cela lui semble aisé et drôle. Elle s'occupe donc des clients désirant acheter des tapis, des coussins, de la mercerie et des nappes. Pour le reste, elle écoute les arguments des principaux vendeurs pour apprendre un métier de décoration où chaque client est un cas.

En attendant de savoir réaliser des devis, elle s'occupe de porter les pièces lourdes qu'on lui réclame. Elle déroule les rideaux sur la banque. Le voilage plié sur sa hauteur et donc sa largeur (de 265cm à 350cm) doit être suffisamment déballé pour montrer sa splendeur à l'éventuelle cliente. Les pièces de tissus à prendre sont souvent de satin lourd, uni ou broché ou de velours. Caroline se donne du mal à les trouver entassées, au fond, à droite du magasin, à les porter (énormes, elles pèsent entre 30 et 50 kg) et à les défaire sur environ 2,50m de façon à pouvoir visualiser correctement le modèle.

Elle apprend à procéder aux différentes coupes. Pour une nappe, elle doit faire glisser la paire de ciseaux entrouverte et suivre le rouleau pour éviter de couper en biais. Pour un tissu, elle coupe en suivant la trame. Quant aux voilages, la plupart du temps, elle doit tirer un fil sur toute la largeur et prendre le temps de couper avec soin l'empreinte laissée par le fil enlevé.

Pour couper le sol plastique ou la moquette, elle doit dérouler suffisamment l'article en fonction du métrage voulu, tracer un trait sur toute la largeur à l'envers au feutre. Elle utilise un cutter pour finir.

Du monde s'affaire autour d'elle. Son oncle s'absente souvent pour accompagner son poseur de tringles Julien dit Juju chez un client.

Parfois, un poseur de sol plastique et de moquette passe prendre la marchandise à installer.

Le plus souvent une brave tapissière vient chercher le travail manuel qu'elle doit réaliser en fonction des prises de mesures de Jérôme. Cette femme est marrante car elle revendique et demande toujours plus d'argent au patron qui lui avance des petits sous régulièrement, ce qui fait qu'il ne sait plus combien il lui doit. Caroline s'amuse à observer leur cinéma notamment lors du règlement pour une décoration faite avec minutie. Ils marchandent, se disputent puis trouvent un terrain d'entente.

La Dédé a souvent besoin de l'aide de la petite pour préparer ses futures réalisations. Il faut en effet mesurer l'ensemble de la marchandise (de longs métrages), vérifier l'absence d'un quelconque défaut (empêchant toute confection) et couper le nécessaire à travailler.

Toutes les trois semaines, un étalagiste vient s'occuper des vingt-trois mètres de vitrines. On appelle Alain « L'Arabe » car Pied Noir, il imite les Algériens.

Avant sa venue, Caroline doit tout débarrasser et ranger les nombreux articles. Ensuite, elle passe l'aspirateur enlevant le moindre fil sur la moquette marron foncée. Son bon goût fait que son oncle la laisse choisir à sa guise la future marchandise à exposer. Elle aime déjà ce qu'il y a de plus beau et donc elle trie entre les nouveautés reçues dans la semaine, les éléments, et prend soin d'assortir les couleurs, les genres et les formes des objets susceptibles de créer l'envie auprès des personnes qui ne cesseront d'admirer les vitrines. Elles se feront toujours plus plaisir et le chiffre d'affaires du commerce prendra un bref essor.

La hauteur plafond sol du magasin avoisine les quatre mètres. La beauté profite de grimper sur un escabeau pour dénicher des trésors pendus en hauts des murs qu'elle mettra davantage en valeur.

Avec toutes les occupations de la journée, quand approche 19h, la jeune vendeuse se dit qu'elle n'a pas eu le temps de tout faire. Il faut remballer la marchandise extérieure avant de fermer les portes et de préparer la caisse du jour. Des clients tardifs bousculent le matériel et contribuent à rester souvent au travail jusqu'à 20h, 20h30. La nièce aide alors son patron bien aimé à compter les espèces, à inscrire les chèques clients sur un livre rouge qui seront portés en banque le lendemain. Elle éteint les lumières et quitte accompagnée le sacré bazar. Jérôme habitant dans la même rue que la famille Constantin, il ramène sa nièce dans une drôle de camionnette.

Les journées passent à une vitesse inimaginable. Le patron

est ravi de l'efficacité de sa belle nièce. Il considère que pour son âge, elle est déjà excellente vendeuse. Calie elle, s'amuse de ses journées très actives. Elle pense que la vente reste une comédie enchanteresse.

Elle est pourtant contrariée car elle doit s'inscrire à la Faculté de Droit de Dijon avant fin septembre. Elle qui lors de son séjour d'été auprès des écluses du Canal de Bourgogne avait tant envie d'apprendre, considère qu'elle a suffisamment à retenir dans son nouveau métier.

Ce sont ses parents et son oncle qui à force d'insister, l'obligent à procéder à l'inscription.

Un assureur coquin

L'un des derniers jours de septembre 1981, Caroline se décide bon gré mal gré à se rendre à la Faculté de Droit de Dijon située au dessus de la rue de Mirande. Elle se dirige dans un vaste bâtiment qu'elle trouve sale mais sourit en croisant de jeunes et belles personnes sans savoir s'il s'agit d'étudiants ou de professeurs. Dans le hall d'entrée, elle demande à certains où se trouve le bureau des inscriptions. Le renseignement obtenu, après avoir longé un long couloir, elle pénètre dans une salle où une secrétaire reçoit un à un les étudiants. Quand arrive son tour, on lui demande son identité, sa date de naissance, son adresse. On lui demande si elle a au moins le niveau Première au Lycée (élément indispensable pour s'inscrire en Capacité en Droit). Elle répond par l'affirmative sachant que son mensonge est important puisqu'en réalité, elle a arrêté l'école en quatrième au Collège.

Après avoir déboursé une légère somme pour l'inscription, on lui fournit les horaires de cours qui débuteront le 20 octobre. D'après le programme, elle aura deux fois par semaine cours de Droit Public, une fois par semaine cours de Droit Civil et une autre fois cours de Droit Commercial. Ces cours seront dispensés de 18h à 20h dans l'amphithéâtre Proudhon situé au rez de chaussée du bâtiment.

Au départ, elle prendra le bus n°12 de la Fontaine d'Ouche mais bientôt pour ses 18 ans, elle passera le permis de conduire qu'elle aura du premier coup. Ses parents lui donneront la vieille 4CH qui fait office de voiture de livraison. Elle conduira dès le début du mois de novembre.

Au magasin, en attendant sa rentrée scolaire, Caroline s'active et prend de l'assurance dans la vente de produits de plus en plus compliqués. Elle ne manque guère l'occasion de se promener hors du lieu de travail. Son oncle étant le Président de l'Association des commerçants de la Fontaine d'Ouche, elle doit souvent distribuer des prospectus aux négociants de la galerie. Elle se fait une joie d'apporter des consignes à l'adjoint du Président, un homme de 33 ans, agent d'assurance dont le bureau se localise à l'opposé du fleuriste. Philippe semble élégant dans son costume foncé. Il porte la cravate mais surtout il impressionne la jeune fille par sa façon de s'exprimer. En se rendant dans son agence, celle-ci est à la fois intimidée et excitée. Habillée de plus en plus sexy, elle dévoile un maximum de son corps. Elle porte des chaussures à hauts talons qui accentuent la cambrure de ses reins. En passant devant chaque boutique ou salon de coiffure, tout le monde vient la saluer. Les vendeuses envient l'innocence et le port de tête de la gamine et les hommes du centre désirent l'approcher. Restant hautaine et en fait ne cherchant pas à comprendre pourquoi elle attire autant, elle prend l'habitude de se rendre directement chez l'adjoint du Président. Dès qu'elle pénètre dans l'agence, Philippe est souvent en pleine discussion avec un assuré. Il lui sourit et lui propose de s'installer non loin de lui en attendant qu'il termine son baratin avec l'interlocuteur du moment. Se dépêchant d'achever l'entretien, l'assureur dévisage la petite et une fois seuls, il lui prend la main qu'il garde un moment dans la sienne et la caresse. La douce sent alors qu'elle lui plait mais considère l'individu quelque peu « vicelard ». Elle ne s'éternise pas dans l'agence et retourne vite chez son oncle retrouver son fourbi. Elle aurait aimé que ses rapports avec l'homme de l'assurance demeurent ainsi. C'est ne pas connaître le renard ! En effet lorsque l'oncle discute avec son adjoint, celui-ci s'empresse de lui proposer de raccompagner Caroline le soir lorsqu'il ira en clientèle. L'accord est pris et déjà dans la même semaine, il est prévu que Philippe vienne chercher la petite pour fermer ensemble les portes du magasin. Il la ramènera à son domicile dans son Alfa Roméo rouge.

Nous sommes un jeudi soir. Les filles n'ont pas vu la journée passer qu'elles doivent aider le patron à préparer une décoration à installer chez une cliente et à choisir des échantillons de tissus d'ameublement et de voilages suffisamment grands à proposer à d'autres clients lors d'une prise de mesures de fenêtres et autres. Caroline s'occupe du chargement de la marchandise et de l'escabeau dans la camionnette. Son oncle l'embrasse et elle rentre vite au magasin pour procéder avec la vendeuse au remballage des articles exposés depuis 14h à l'extérieur. La vendeuse Nelly, pressée de rejoindre son gros bonhomme la salue, la laissant couper les enseignes lumineuses, les spots et néons. La petite exécute les gestes devenus quotidiens et attend sagement dans le noir celui qui vient la récupérer.

Au moment où Philippe arrive, elle se lève de son tabouret pour aller à sa rencontre et quitter le lieu de travail. Le renard l'empêche de sortir et la pousse d'une force incroyable jusqu'au fond du magasin où sont entreposés les énormes rouleaux de tissus et de rideaux. Il la couche brusquement sur la pile de descentes de lits sans qu'elle puisse lui résister. Pour éviter qu'elle ne bronche, il l'embrasse goulument sans s'arrêter. Il lui enlève tel un éclair la veste trois quart en la balançant sur des peaux de moutons et excité comme un animal, il tire maladroitement sur le corsage et décroche le soutien gorge pour découvrir de magnifiques grosseurs qu'il malaxe jusqu'au point de faire mal à la petite qui ne dit mot choquée et curieuse à la fois du comportement bestial que peut avoir un homme. N'en pouvant plus, l'assureur qui pourtant n'a pas quitter son pantalon cherche à déchirer la culotte sous la jupe. Il la sent, la jette au loin et écarte violemment les fines cuisses pour introduire d'un coup sec dans la petite fente quelque chose de dur mais qui ne fait pas mal du tout d'autant qu'à peine il est rentré en elle qu'il laisse fuir le liquide chaud et visqueux qui coule sur elle.

Sans dire mot, ils se redressent, elle se rhabille pendant qu'il remonte son froc et sortent pour fermer enfin la porte.

Dans l'Alfa Roméo, il ne peut s'empêcher de poser ses mains sur les genoux de la rêveuse.

Elle, elle a compris qu'il l'avait eue mais se dit qu'elle se vengera à sa manière bien que cette leçon sexuelle ne lui ait point déplu.

Un professeur pas comme les autres

Le premier cours de Droit a lieu un mercredi soir. Madame Bourret est une petite grosse maniérée Professeur de Droit Civil.

Caroline, maquillée et bien arrangée se fait remarquer en arrivant en retard car les portes de l'amphithéâtre lourdes et bruyantes ont interrompues l'allocution du professeur.

Elle prend place tout en haut à côté de deux jeunes jolis garçons ravis de l'avoir comme voisine. Pour l'instant au lieu d'écouter son premier cours, elle converse avec les étudiants qui l'entourent.

Ils se barbent et lui proposent d'emblée de l'emmener au cinéma. Ils disposent d'une automobile alors les trois amis quittent leur place et tout en riant se rendent place Darcy en ville et décident d'aller voir le film fantastique : « Le Cobaye ». La séance leur plaît mais tout en suivant l'histoire, l'un des gars flirte avec la coquine. A la fin du film, les deux copains se saluent et le conducteur Jérémy propose à la jeune fille de l'emmener chez lui. Se sentant libre à partir du moment où elle travaille, elle suit le beau jeune brun bien de sa personne dont elle sait que c'est l'unique fois qu'ils partageront un doux moment. Ses deux copains ont en effet décidé de ne plus retourner à la Fac. Jérémy a 25 ans et possède un studio au calme. Le canapé-lit toujours ouvert encombre l'espace. Des vêtements éparpillés au sol ne gênent aucunement la fille. A peine dans les lieux, ils se jettent en blaguant sur l'inconfortable literie. Jérémy l'enlace et lui fait l'amour comme un dieu. Il trouve sa partenaire facile, agréable et souple. Quant à elle, depuis son expérience avec l'assureur, elle compare les scènes d'amour et désire se lâcher complètement dans les bras du bel homme.

Et puis le membre long et dur de la jeunesse ne cesse pas de fonctionner. Il la prend et la reprend longtemps pendant qu'elle danse sous et sur son corps. Il est 23h30 quand il décide d'arrêter ses manœuvres. Il continue à l'embrasser, à la caresser puis la conduit chez elle dans la vieille auto toute cabossée. Avant de la quitter, il lui fait savoir qu'il aimerait continuer avec elle.

Elle dit que c'est impossible lui faisant croire que son fiancé est très jaloux. En fait, elle aime l'instant de débauche et souhaite recommencer avec d'autres !

Caroline manque le cours de Droit Commercial prenant prétexte de la surcharge de travail à la boutique. Son oncle mécontent lui fait la morale. Elle aime Jérôme et comme elle ne veut plus le décevoir, elle se dit que désormais, elle assistera à tous ses cours même si ceux-là ne l'intéressent pas.

Vendredi soir : Premier Cours de Droit Public

La nouvelle étudiante arrive en avance à la Faculté. En attendant dans le hall du bâtiment, elle s'amuse avec son cartable de collégienne. Une foule de personnes de tout âge patiente la venue du Professeur. Certains observent les panneaux d'affichage des résultats d'examens de la deuxième session du DEUG et de la Licence de Droit. Un étudiant s'approche de Caroline et engage la discussion. Il lui avoue recommencer sa première année de Capacité en Droit. D'après ses dires, l'amphithéâtre accueille environ 600 élèves et au cours de l'année 150 quitteront l'établissement. Pour lui, les épreuves de passage en deuxième année sont difficiles.

Une blonde à l'air sympathique regarde Caroline. Elles se reconnaissent car elles étaient ensemble à l'école primaire chez les sœurs. Ravies de se retrouver, elles décident de s'installer ensemble dès l'arrivée du Prof et se donnent rendez-vous après le cours pour aller prendre un pot et se raconter leur vie.

Un homme blond légèrement chauve, d'une quarantaine

d'années arrive et donne le feu vert aux élèves pour pénétrer dans l'arène.

Assise au côté de sa copine, Caroline observe les personnes et écoute des bruits divers. Les jeunes continuent à parler, à plaisanter sans le moindre respect du professeur qui se présente. Sabine converse avec des garçons qu'elle semble connaître. L'ouïe fine de Caroline lui permet d'entendre Monsieur Velpau. L'homme tout petit, vu d'en haut, étonne la jeune fille par son élocution. Elle s'intéresse à ce quadragénaire qui l'intrigue. Elle prend la résolution de quitter sa voisine bavarde, descend les innombrables marches de l'Amphithéâtre pour s'installer au deuxième rang face à Monsieur Velpau. Elle sent derrière elle le regard d'une brune aux cheveux courts. Le professeur lui sourit avant de continuer les explications sur le programme des cours de Droit Public. Il explique qu'en fait les cours qu'il dispense pour les deux années de Capacité en Droit sont des cours de Droit Constitutionnels puis des cours de Droit Administratif. Il s'exprime de façon à se mettre à la portée des interlocuteurs et détaille les leçons. Caroline impressionnée par l'homme qu'elle trouve à la fois discret et parfait orateur, l'écoute attentivement. Il parle de l'histoire de France qu'elle n'a jamais apprise à l'école et il insiste sur la Déclaration des Droits de l'homme et du citoyen datant de 1789 incluse dans le préambule de la Constitution actuelle.

Elle prépare de quoi écrire avant qu'il ne commence concrètement le premier cours de Droit Constitutionnel.

Elle a du mal à tenir son crayon et appréhende ce qu'elle retranscrira. Tout ce que dit l'homme est important. Elle ne sait pas écrire en sténo. Ayant arrêté l'école beaucoup trop tôt, elle n'a pas eu le temps de savoir comment procéder pour prendre des notes. Elle essaye tant bien que mal d'écrire tout ce qu'elle entend. Monsieur Velpau remarque ses difficultés. Il s'exprime plus lentement, répétant à plusieurs reprises une phrase que la petite a du mal à prendre des notes. Elle redresse sa jolie frimousse de temps en temps et avec des yeux tout rond fait comprendre à l'orateur oh combien elle apprécie de se mettre à sa portée.

Son écriture abominable fait que dès ce premier cours, elle décide qu'en rentrant chez elle, le soir, elle recopiera en s'appliquant sur un beau cahier les dires du professeur.

Elle écoute, écrit et surtout admire l'homme en face d'elle. Elle estime qu'il est gentil, généreux et très intelligent. Il explique l'évènement passionnant de la Révolution française faisant suite à l'absolutisme du pouvoir monarchiste. Elle aime ce qu'elle apprend et désire maintenant en savoir davantage. Son attention est telle que toute la soirée, elle rêvera de la nouvelle connaissance.

A la fin du cours, elle fixe un rendez-vous avec Sabine et se hâte de rentrer chez elle. Elle s'enferme dans sa chambre et passe trois à quatre heures à copier minutieusement le cours de Monsieur Velpau.

Elle fera de même deux fois par semaine.

Ses parents étonnés du nouveau comportement studieux, approuvent leur fille même s'ils ne croient absolument pas en ses capacités intellectuelles.

Elle continue son travail au magasin en apportant joie de vivre et satisfaction à tous.

Depuis plusieurs années déjà, elle a pris sa carte d'adhésion au RPR. Elle adore Jacques Chirac et régulièrement se rend à des soirées organisées par la Jeunesse gaulliste. Elle écoute les débats politiques et grâce à Monsieur Velpau, elle retient les propos et commence à acheter le journal. Elle désire se rendre compte de l'actualité. Une fois par semaine, elle choisit un journal chez le buraliste et opte pour *L'Evènement du Jeudi* . C'est ainsi que Jean-François Khan devient le premier journaliste qui l'incite à connaître et à retenir les nouvelles économiques et politiques. Elle exprime le besoin de côtoyer de jeunes étudiants pour converser sur l'actualité.

Elle sympathise avec un dénommé Hervé Falco qui sera son ami pendant une vingtaine d'années. Hervé est étudiant en Capacité en Droit tout en étant inscrit à l'école de Notariat. Grand, mince, sa sympathie est sans mesure et s'attachant à Caroline, ils passeront des soirées tardives à refaire le monde (sans aucune ambiguïté sur leur relation amicale).

Lorsque son amie d'enfance Sabine l'invite à une soirée au sein du groupe politique dont elle fait partie, curieuse, la brune qui vient d'obtenir son permis de conduire se gare à proximité de la Préfecture de Dijon. Dans une des petites rues perpendiculaires à l'artère principale, elle entre dans un local dont elle ignorait l'existence jusqu'alors.

Sabine l'accueille au sein de la jeunesse du Front National. La joie de se retrouver ne dure qu'un court instant car un groupe de crânes rasés interpelle la brunette. Se sentant brusquement mal à l'aise et mise en danger, elle se tait et observe.

Les membres du Front National commencent à faire des éloges sur Hitler puis la tension augmentant, ils montrent leur haine à l'égard de toute race différente à la leur et des juifs. Quand en s'énervant, ils décident de s'en prendre aux jeunes Chiraquiens et aller « leur casser la gueule », Caroline évitant de montrer sa crainte, trouve un prétexte pour s'éloigner au plus vite de la détestable atmosphère.

Elle ne reverra plus jamais son amie d'enfance qui ne retournera pas à la Faculté.

Caroline s'oblige à assister aux cours de Droit Civil et surtout aux cours de Droit Commercial. Elle ne quitte pas sa place du deuxième rang. Madame Bourret, professeur de Droit Civil, s'adresse à elle lorsqu'elle donne ses cours. La petite comédienne ayant ciblé le caractère de la grosse petite femme s'habille classique élégamment et accentue ses traits de maquillage en n'omettant pas la couche épaisse de rouge à lèvres. Elle séduit le professeur de Droit Commun.

Ceci dit, elle s'intéresse aussi à son élocution car elle enseigne le B-A Ba du Droit Commun. Elle apprend la manière dont fonctionne la Justice en France et les premiers articles du Code Civil concernant les diverses responsabilités individuelles.

Quant au Droit Commercial, l'étudiante écoutera sans entendre l'homme qui parle et écrira ses leçons machinalement.

En fait, seuls les cours de Droit Constitutionnels l'attirent.

Lors des intercours, elle se lie d'amitié avec Véronique, la fille aux allures de garçon manqué. Elle a loupé son baccalauréat l'an dernier et à préféré s'inscrire en Capacité en Droit plutôt que de recommencer une terminale au Lycée. Les deux filles passeront ensemble leurs examens toujours assises l'une à côté de l'autre.

Hervé plaît également à la nouvelle copine qui plaisante en dehors des cours et ne veillera pas le soir après le cours de Monsieur Velpau pour échanger des idées. Elle se rendra libre les autres soirs.

Au magasin, les clients s'adressent de plus en plus à Caroline. Dégourdie, personne ne lui fait peur, bien au contraire. Elle aime faire la vente d'une belle pièce en débattant d'un sujet sur l'information du jour. Non seulement, elle s'exprime de mieux en mieux mais en plus, elle réalise elle-même des devis et des prises de mesures en clientèle. Jérôme ayant complètement confiance en elle, il se permet de s'absenter durant une semaine. Elle étonne parfois une cliente grincheuse au prime abord qui ne désire aucunement être servie par une jolie gamine. Le respect fait place au mépris lorsque la vendeuse demande les mesures d'une porte, d'une porte fenêtre à décorer. Elle connait la largeur de tous les battants des immeubles situés aux alentours de la galerie marchande. Elle précise la taille d'une tringle devant dépasser 20 cm de chaque côté d'une fenêtre. Calculer le métrage des différents stores est aisée. Pour un voilage très transparent tel le tergal plein jour, il faut multiplier de 2,5 à 3 la longueur de la tringle. Pour un autre rideau, on se contente de deux fois la tringle et pour un tissu d'ameublement tout dépend si l'on veut fermer ou pas les doubles-rideaux. Un imprimé nécessite le raccord du motif pour la deuxième pente. Ce raccord peut varier jusqu'à 90cm. On doit le considérer lorsque l'on compte le métrage nécessaire pour une décoration.

Le professionnalisme de Calie ébahit tout le monde et puis son bon goût lui permet de vendre des articles onéreux. Elle propose à la clientèle la plus noble des passementeries à coudre sur un uni, des embrasses assorties, des coussins…et pour finir un ou plusieurs tapis en laine embellissant complètement un intérieur.

Lorsqu'elle se déplace pour des prises de mesures, elle emmène avec elle des échantillons splendides des articles récents qui contribuent à donner le coup de cœur aux clients.

Elle s'absente de moins en moins du magasin et lorsqu'on l'envoie chez l'adjoint du Président des commerçants, elle est attendue comme le Messie. Philippe l'entraîne au fond du bureau ayant pris soin de fermer à clé la porte d'accès à l'agence. Elle l'excite en se laissant embrasser puis caresser. Ce n'est qu'au moment où toujours vêtue, elle sent le sexe de l'assureur grossir qu'elle le quitte sèchement prétextant que son patron l'attend.

Elle déguste sa petite vengeance !

La première année de Capacité en Droit s'achevant en mai, Caroline passe l'écrit du Droit Constitutionnel et du Droit Civil. Reçue brillamment, elle doit passer l'oral du Droit Commercial.

Face au bel homme qui l'interroge, n'ayant rien appris de la matière barbante, elle lui retourne la question précisant que si elle n'a pas retenu la réponse à la question, c'est qu'il n'a pas bien fait son cours. Son culot paie.

Elle réussit haut la main sa première année et sera ravie de retrouver Véronique et Hervé dès septembre 1982.

Ils sont vingt-quatre sur quatre cent cinquante étudiants à passer en deuxième année.

L'entourage de la drôle d'étudiante reste subjugué de sa réussite. Ses parents estiment qu'elle a eu de la chance mais se montrent fiers de leur enfant.

Son oncle bien aimé décide de lui verser cent francs de plus par mois.

Calie aura un mois de congé pour retourner faire les écluses sur le Canal de Bourgogne et prendra quinze jours de vacances début septembre 1982.

La chaleur au magasin des mois de mai et de juin devient intolérable pour les adultes. Les spots, néons, moquettes, tissus et les vingt-trois mètres de vitrines où plongent les rayons du soleil contribuent à donner une atmosphère étouffante.

Les clients boudent l'entreprise à l'exception de l'ouverture du matin.

Caroline profite des moments de tranquillité pour déplacer de lourds meubles et arranger joliment un magasin qui semblera transformé à la rentrée prochaine.

Les journées passent aussi vite que lorsque les affaires sont prospèrent.

Les vacances de caroline

Fin Juin.

La jeune fille prépare avec plaisir ses bagages puis se rend à Pont d'Ouche où l'attend le Chef des Ponts et Chaussées Phil. Heureux, ils passent un temps dans les bras l'un de l'autre. Ils ont plein de choses à se raconter depuis l'an dernier. Phil la félicite de son entrée en deuxième année de Droit. Il lui dit n'être guère étonné de sa réussite la trouvant intelligente et volontaire. Quand il donne des nouvelles des éclusiers, il sent sa déception.

Eric ne pourra pas exercer le métier d'éclusier cette année car il passe son été à l'hôpital de Dijon tout en révisant les modules de troisième année qu'il devra passer en octobre. Il viendra à Pont d'Ouche le week-end voir Monica qui sera présente en août.

Phil perçoit des larmes sur le visage de son éclusière préférée. Il comprend alors qu'elle est amoureuse. La serrant dans ses bras, il lui exprime son amitié sincère et désire être son confident. D'ailleurs, il n'hésite pas à lui raconter ses déboires amoureux avec la grande rousse de l'an dernier.

Vite dans l'ambiance conviviale de la maison bleue, Calie retrouve Jo et Fred (copains et collègues dans le job d'été) ravis qu'elle fasse du Droit. Valérie (la sœur de la chérie du Chef) passera également le mois de juillet à être remplaçante éclusière.

Cette année le nombre de jeunes éclusiers est moindre mais le nombre d'écluses à s'occuper est moins important. La direction départementale de l'équipement a recruté deux permanents qui effectuent les trajets entre les écluses en mobylette.

Le Chef connaît les préférences de sa copine et décide du partage des tâches entre les étudiants.

Durant tout le mois, Caroline ira en direction de Crugey et de Pouilly-en-Auxois et devra s'occuper des péniches non loin de Pont d'Ouche dès 6h30 du matin.

Reprendre les habitudes sportives de l'an passé paraît

difficile au début. Considérant qu'elle connaît le métier d'éclusière, elle se rend seule aux différentes destinations.

Sur le trajet qui aboutit à l'écluse n°14 Bouhey, elle rayonne. Elle sait que les Vieux qui logent dans la maisonnette de l'écluse l'attendent. A son arrivée, elle remarque les grands signes de Gustave et de Germaine. Elle jette sa bicyclette pour se ruer dans leurs bras. Avant de la faire rentrer dans le coin cuisine, ils lui avouent qu'elle leur a manqué. Caroline ne sait pas par où commencer dans ses dires. Elle se dit qu'elle dispose d'un mois pour leur raconter les évènements produits en un an.

Ils voient qu'elle a mûri et pris de l'aplomb. Sa beauté n'est pas altérée bien au contraire : Calie possède en plus de l'année dernière du charme. Et puis son culot et son baratin les honorent (Ils ne côtoient presque personne, craints de tous).

Eux aussi sont déçus de ne pas voir Eric cette année. L'étudiant en Médecine leur a écrit pour les prévenir. Ce n'est pas aux vieux singes qu'on apprend à faire la grimace. Ils se doutent bien qu'entre leurs deux éclusiers préférés des sentiments profonds existent. Ils sentent le désarroi de la petite alors ils lui disent que Monica qu'ils appellent « la grosse vache » n'est pas pour lui et ils sont convaincus qu'elle retrouvera Eric un jour prochain.

Avant d'avaler une part de tarte aux abricots réalisée en son honneur par Gustave, Calie sort préparer le sas de l'écluse pour que l'avalant (bateau descendant) puisse pénétrer au centre du sas. Elle discute avec les vieux en attendant l'arrivée du bateau de plaisance. Dès qu'elle l'aperçoit derrière le virage, tout en admirant la vue sur le village de Chateauneuf, elle marche sur les passerelles situées à l'aval pour fermer l'une des portes amont de l'écluse au moyen de la barre de manœuvre rouillée par le temps. Une fois, le plaisancier dans le sas et la porte fermée, elle refait le chemin inverse pour fermer la deuxième porte amont. Elle utilise les vannes sur chaque porte avale et les ouvre avec la manivelle. Elle procède ainsi au vidage de l'écluse. Une fois les niveaux d'eau du sas et du canal en aval égaux, elle s'affaire sur l'une des barres d'ouverture des portes puis sur l'autre. Les vacanciers continuent à serpenter la belle voix d'eau verte.

Caroline laisse l'écluse en état de façon à recevoir un montant. En attendant ce dernier, elle retourne chez ses vieux retraités plaisanter et savourer la tarte.

Elle passera du temps également à La Roche aux Fées. L'écluse isolée avec une végétation dense lui rappelle de bons souvenirs notamment celui où le coup de cœur géant s'est produit entre Eric et elle.

Ses contacts avec les mariniers sont toujours délicieux. Ils l'aident dans les différentes manœuvres de l'écluse et en contre partie, elle les fait rire, engage des conversations inhabituelles pour une jeune de son âge et se montre en spectacle. Elle pratique la danse et pendant que les spectateurs tapent des mains, elle improvise de somptueux mouvements.

Elle accepte des pourboires qui mis de côté lui feront en plus de son traitement un bon pactole. Elle se met à rêver aux quinze jours de vacances qu'elle s'offrira début septembre.

A la fin des journées passées en plein air à se sculpter des muscles longilignes par les kilomètres à vélo et par l'emploi de la force physique pour manœuvrer les écluses, Caroline retrouve Jo et Fred. Bien qu'ils aient obtenu respectivement leurs Licence et Maîtrise en Droit, ils continuent leurs études. Ensemble, ils discutent sérieusement de politique et se partagent leurs points de vue.

Le Chef intervient pour interrompre le débat et détendre l'ambiance. Phil aime que ces jeunes s'amusent une fois leur travail terminé. Il sort la Marie Brizard, sa boisson favorite et en sert un verre à chaque. Le soir après le dîner, la table et les chaises sont poussées et la musique résonne. La première à ouvrir le bal demeure Calie toujours plus sollicitée à se mettre en scène par le Chef.

Le mois au Canal de Bourgogne passe trop rapidement. Quand elle doit quitter la jeunesse qui reste à Pont d'Ouche chez le Chef un mois supplémentaire, Caroline a un pincement au cœur. Et puis ses moments d'intimité avec le Chef pour se confier vont lui manquer. Phil lui fait savoir qu'il lui rendra visite au magasin au cours de l'année.

La 2 CV quitte le village pour se diriger à Dijon.

Août 1982. Retour pour un mois de travail au magasin avant les vacances. Nelly, la vendeuse est absente. Caroline reste seule avec son oncle. La chaleur étouffante des lieux et la saison morte pour les affaires font que les tâches se réalisent dans une exceptionnelle détente. Lorsque la belle brune commence à tout chambouler, Jérôme la calme et lui ordonne de s'asseoir. Elle emmène ses cours de Droit Constitutionnel pour les relire de temps à autre. Et puis que ce soit avec son patron, les autres commerçants qui rendent visite ou quelques clients, elle crée des moments sympathiques où chacun peut donner son avis sur un sujet de civilité, d'économie et autre. Les gens restent deux trois heures à parlementer. Ainsi, les journées passent vite et quand arrive la dernière semaine du mois, Caroline se dépêche de choisir une évasion pour deux semaines.

Elle s'offre un séjour en Turquie au Club Méditerranée. Elle fera une croisière de 10 jours sur un caïque de 28 m au départ de Kemer : L'Odyssée Turquoise. Le bateau tout en bois accueille 15 passagers dont un guide français. Son capitaine, Turc à la moustache, ayant la cinquantaine dort sur le pont et Caroline dormira à la belle étoile non loin de lui pour se sentir en sécurité. Les cabines prises rapidement par les différents couples ne font pas envie à la jeune fille qui préfère rester à l'extérieur et profiter de la splendeur de la mer. Lors de la navigation de 540 km, des visites de sites antiques et de criques sauvages seront organisées. La goélette se dirige vers

Phaselis, le port Finike et le voyage se terminera à Kas. A chaque escale, la brunette se mêle à la population locale et s'amuse avec tantôt les femmes tantôt les hommes. Quand ils jouent de la musique, elle se remue jusqu'à ce qu'elle arrive à réaliser une danse orientale.

Sur le caïque, l'ambiance est pesante à cause des femmes de 30 à 55 ans qui se disputent sans arrêt. Elles se jalousent et viennent se confier chacune à Calie qui elle, se moque bien de leurs histoires.

Tout le monde l'apprécie et pourtant elle s'isole très souvent comme pour avoir la paix et admirer l'horizon, le bleu de la mer, le ciel et ses nuages ultra légers, tout le détail du bateau et surtout les couchers du soleil inoubliables.

Elle fait rire tout le monde lorsque munie de palmes, du masque et du tuba, il faut plonger pour admirer la ville engloutie de Simena. En effet ses fesses restent hors de l'eau car elle a peur de la profondeur.

Un soir par contre, elle décide de prendre une planche à voile sans la voile pour s'approcher d'un beau yacht où des gens ont l'air de s'amuser et qui semble assez près de la goélette. Assise sur le milieu de la planche, les autres passagers la regardent s'éloigner en faisant des mouvements avec ses jambes dans la mer. Le yacht est plus loin qu'elle ne le pense. Sa récompense ? Des Anglais sympathiques et surpris du culot de la belle sportive la reçoivent chaleureusement. Ils l'invitent bien évidemment à participer à la fête et lui proposent une cabine avec salle de bains luxueuse pour y passer le peu d'heures restant de la nuit à dormir. Ces étrangers respectueux appréciant la joie de vivre de Caroline lui mettent à sa disposition des déguisements. Elle va s'éclater comme une folle avec ses partenaires légèrement efféminés. Le lendemain, ils la ramènent avec la planche à proximité du bateau.

En retrouvant les membres du voilier, elle sent une légère pointe de jalousie chez ses partenaires de voyage. Elle continue de toute façon à apprécier la traversée.

Mais un soir, le guide lui demande de le suivre dans sa cabine.

Elle croit qu'il désire lui parler du programme de la journée suivante. Elle se trompe car une fois seule dans la cabine avec Marc, ce dernier ferme à clé la porte de sa pièce intime et lui saute dessus.

Elle sent qu'il la désire et souhaite la prendre avec violence. Elle le trouve grand, fort et insignifiant. Elle désire ne pas se laisser faire en lui donnant des coups de pieds, en le griffant et en le mordant jusqu'à l'os.

Après un cri alertant tout le monde, il cède et la laisse quitter le lieu. Honteux vis-à-vis d'elle, puis des passagers, il se fera tout petit. Elle rapprochera sa couche de celle du capitaine jusqu'à la fin de l'Odyssée.

Son voyage restera un rêve mais une fois de retour, Caroline pense déjà à attaquer ses cours de Droit et à retrouver ses amis Véronique et Hervé.

1982-1983…et retrouvailles amoureuses

La rentrée universitaire est retardée de quinze jours à cause d'une grève des enseignants. Caroline en profite pour prendre du bon temps tous les soirs après son travail.

Une amie de son frère aîné travaille aux Urgences du CHU de Dijon. L'infirmière reste unique en son genre. La blonde légèrement enrobée, bosseuse, drôle et très culottée est passionnée par son travail. Elle est souvent invitée car ses histoires vécues sur les urgences de l'hôpital font rire tout le monde. Elle plaît beaucoup tellement qu'elle est à la fois simple et sympathique. Elle passe régulièrement des soirées dans le milieu médical. Un jour, elle invite les deux frangins à une fête donnée dans une maison située à Fleurey-sur-Ouche (village suivant Plombières-les-Dijon). Le frère et la sœur ne savent pas à quoi s'attendre quand ils arrivent dans un champ où est garée une multitude de voitures. Sur le chemin menant à la maison éclairée aussi bien de l'intérieur que de l'extérieur, ils croisent de jeunes fêtards. Caroline semble ravie de savoir que pour une fois, elle passera un long moment avec des infirmiers, des étudiants en médecine et des internes. Curieuse, ses fréquentations jusqu'à présent se font aux niveaux commercial, politique et juridique.

Elle ne veut absolument rien rater des divers comportements des gens de l'univers médical.

Une agréable ambiance s'émancipe par les fenêtres et la porte d'entrée restée ouverte (c'est l'été indien).

Dominique remarque au loin les frangins et vient les accueillir pour les présenter aux hôtes et aux copains y compris aux jeunes étudiants qu'elle ne connait pas.

Pendant que son frère et Dominique discutent, boivent et draguent, la jolie bronzée sent un regard perçant derrière elle.

Elle se retourne lentement et reste figée par sa surprise. Le bel homme blond aux yeux bleus clairs qu'elle n'a pas pu retrouver cet été, là où ils s'étaient rencontrés l'an dernier à Pont d'Ouche, point d'encrage des éclusiers, la contemple depuis son arrivée dans la maison du bonheur. Comme elle demeure immobile, il lui sourit profondément tout en s'approchant d'elle.

Plus personne en dehors d'eux n'existe.

Pourtant, Dominique qui était en pleine discussion tout en ne loupant rien de ce qui se passe autour d'elle, s'immisce entre Eric et Calie, l'air étonné qu'ils se connaissent.

Le jeune étudiant raconte qu'ils se sont connus en faisant les écluses ensemble le long du Canal de Bourgogne. Apaisée, l'infirmière culottée les laisse pour rejoindre un groupe d'individus à qui elle narre les péripéties du SAMU.

Eric prend le bras de son éclusière de rêve pour l'extraire du monde et se retrouver enfin seul avec elle à l'extérieur et à l'écart de la maison festive.

Debout, face à face, loin de tout, ils sont muets mais se redécouvrent. Chacun d'eux n'a rien oublié du passé et de l'endroit fantastique de l'écluse n°18 de La Roche aux Fées. Ils s'admirent longuement mutuellement. Les paroles n'ont plus leur place et ils ne ressentent aucun besoin de se mouvoir. Ils se contentent d'être juste tous les deux à se regarder. Calie le trouve encore plus joli garçon que dans son souvenir. Il s'est laissé pousser une petite moustache ravissante et ses avants bras lui paraissent plus musclés. En fait, elle le déshabille du regard. Eric empoigne les mains de la fille qui dansait si bien au bord de l'écluse 18. Il s'exprime enfin doucement pour la complimenter sur sa beauté encore plus importante par rapport à l'image qui lui était restée. Il la félicite aussi sur son passage en deuxième année de Droit. Il dit connaître tout d'elle. En fait, il s'est toujours renseigné sur elle. Le Chef Phil lui donnait des nouvelles.

Calie reste stupéfaite de cette rencontre et n'ose dire un mot. Le Bonheur de l'instant est sans précédent. Elle nage dans un nuage de splendeur et d'étonnement. En plus, il semble qu'il soit venu seul à cette soirée. Elle pense qu'ayant enfin quitté Monica, Eric est célibataire, libre et donc disponible rien que pour elle. Elle ne peut que penser et n'ose pas ouvrir la bouche de peur de s'éveiller et de briser l'éblouissant moment. Lui, il parle pour elle et ça lui suffit.

Lui tenant la main, il la tire loin du bruit et lui propose de l'emmener dans son automobile sportive rouge. Toujours sans le moindre mot, elle suit l'étudiant de ses rêves. Il sera bientôt en quatrième année de Médecine et sa future année l'enthousiaste. Il a davantage confiance en lui. Il parle plus qu'avant et la petite ne se doute pas qu'il est différent en l'absence de l'Italienne.

Avant de monter dans l'automobile, il l'enlace, sent son odeur raffinée et l'embrasse comme pour effleurer son âme. Elle, elle lui rend son baiser sans fin.

Une fois dans le véhicule, chacun se tait comme pour immortaliser le présent. Il roule sans savoir où ils se dirigent. Une fois suffisamment loin de tout, au beau milieu d'un chemin de campagne, il coupe le moteur. A force d'attendre cet instant si précieux, ils se calent dans les bras de l'un et de l'autre sans dire quoi que ce soit. Ne comptent alors que les baisers, les touchers, les caresses et tout le reste jusqu'à l'extase réciproque que seuls les oiseaux de nuit peuvent entendre.

Toujours enlacés, ils ne peuvent se résoudre à se séparer. Le plus âgé et donc le plus sage, voyant l'aube pointer le bout de son nez, décide de ramener la bien- aimée à son frère. Ce dernier heureusement est ivre et c'est Calie qui conduira sur le chemin du retour. Elle a pris soin de donner ses coordonnées à son Prince qui déjà lui fixe un premier rendez-vous.

Dès le lendemain, au magasin, elle affiche un visage rayonnant du plus joli des Bonheurs. Elle n'a dormi que deux heures la nuit dernière mais elle semble en forme pour s'activer telle une véritable professionnelle dans l'immensité des lieux.

Le culot qui lui faisant défaut la veille est de retour et lors de visites de représentants de voilages des marques Ondine et Linder, son impertinence énerve le patron. Elle dit ce qu'elle pense et fouille au travers des présentoirs pour ne sortir que trois nouveautés qu'elle estime correctes à la vente. Son oncle qui d'habitude se fait arnaquer par ces employés de grandes maisons en achetant quasiment tous les modèles proposés est irrité du comportement de Calie. Il s'exécute en fonction des dires de sa nièce mais invite les représentants à l'apéritif comme pour se faire pardonner des petits bons de commandes et de l'insolence de la petite.

Jérôme a raison de faire confiance à sa nièce car bien qu'elle n'y connaisse rien à la comptabilité, elle a bon goût, le sens des affaires et surtout de la rentabilité.

Pour Caroline, vivement la rentrée en deuxième année de Capacité en Droit. Ayant donné le programme des cours à Eric, elle sait qu'il viendra la chercher un soir bientôt.

Le lieu des cours de Droit change pour cette deuxième année.

Calie continuera à se rendre le samedi matin en Faculté de Droit au dessus de la rue de Mirande pour y suivre des cours de Droit du Travail.

Les cours de Droit Constitutionnel et de Droit Administratif, de Droit Pénal et de Droit Notarial seront dispensés à la Fac de Lettres de la rue Chabot Charny. Lorsqu'elle aura cours le matin de 8 h à 9 h au centre ville, sachant l'ouverture de la boutique à 9h15, après le cours, la petite ne devra pas traîner en allant chercher de la marchandise. Le fournisseur est situé près de la Fac. Les vendeurs de tringles, de passementeries…, et surtout de sacs de mousse et de microfibre (servant à réaliser des coussins) se mettent à la disposition de la jolie. Ils chargent le matériel dans la vieille 2CV.

Une fois le magasin ouvert et le déballage effectué, elle courra entre l'auto et la boutique pour se dépêcher à ramener la drôle de marchandise.

Privilégiant la vente, elle se sent capable de servir plusieurs clients en même temps et se montre parfois comique et parfois ultra sérieuse en fonction des interlocuteurs.

Elle se met à détester le rayon de mercerie qu'elle laisse à sa collègue Nelly. Elle considère en effet la perte de temps que ce rayon implique et le risque de négliger de belles ventes.

Mi-octobre 1982

Avant de retrouver le Professeur exceptionnel de la première année, Calie s'est faite toute belle et a décidé de quitter le travail à 16h45 prétextant la difficulté de se garer à Dijon. Débrouillarde, elle sait qu'elle dispose de suffisamment de temps pour traîner et converser avec ses amis avant le début du cours de 18h. Elle va prendre l'habitude, une fois la place de parking trouvée, de se promener autour des vieux tribunaux de Dijon proches du Palais des Ducs de Bourgogne. Ces ballades se font non loin de la rue Chabot Charny.

Elle se rend dans un café, espèce de « boui-boui » face à l'un des établissements de Justice.

Elle commande son chocolat chaud tout en sympathisant avec les consommateurs. Elle ne sait pas que parmi ces gens se trouvent le président du Tribunal de Grande Instance, le chef greffier du TGI, des avocats et des avoués auprès de la Cour d'Appel. Elle prendra l'habitude de les retrouver chaque semaine avant son cours.

Entre ces hommes qui pourraient tous être son père, elle ne cesse de faire l'imbécile et de mettre tout sans dessus dessous dans l'espace vieillot.

Sur le parcours du café à l'Université, elle songe à la semaine suivante et au moment où elle rejoindra Eric.

En attendant Monsieur Velpau, elle discute de ses Vacances avec Hervé et Véronique. Les trois copains surpris d'observer le petit nombre d'étudiants dans le hall d'entrée décident de faire connaissance avec quelques unes des vingt-quatre personnes. Hervé en connaît la moitié qui, comme lui, suivent en parallèle les cours de la CAPA, l'école de Droit Notarial.

Le sourire aux lèvres, le fameux professeur déboule comme une furie au sein de l'établissement, entrainant les élèves à le suivre au premier étage pour pénétrer un espace ressemblant à une salle de classe. Le bureau de l'enseignant se situant légèrement sur la droite assez près des fenêtres côté rue, les filles complices se placent côte à côte au 3e rang de façon à être le plus proche possible du Prof. Véronique et surtout Calie attentionnées et ravies de revoir cet homme qu'elles admirent, n'arrêtent pas de se donner des coups de pied sous la table. Elles sont devant alors que les vingt-deux autres élèves se sont mis au fond de la salle.

Peu de jeunes apprécient la matière enseignée par l'homme. Pour cette deuxième année, Monsieur Velpau leur fera étudier le Droit Public avec en première partie l'étude détaillée des articles de la Constitution de 1958 et ensuite la partie concernant le Droit Administratif. Caroline va adorer ce Droit Public. Est-ce la belle personnalité qui la touche ? Est-ce sa magistrale prestation ? Est-ce son intérêt par rapport à son envie d'apprendre pour continuer à débattre des différents sujets au sein de la Jeunesse chiraquienne ?

En tout cas, la Capacité en Droit n'a de valeur à ses yeux que parce que ces cours intelligents et passionnants existent.

Elle n'a jamais eu de mémoire mais à chaque fois qu'elle quitte son cours favori, elle a l'impression de tout retenir et se presse pour rentrer chez elle afin de recopier joliment toutes les paroles mal retranscrites sur le cahier d'origine.

Elle ne sait toujours pas prendre de notes et l'enseignant fait son cours en s'adressant à elle personnellement. Il a remarqué les difficultés d'écriture de la brunette depuis un an. Il se dit que son niveau scolaire devait être bien bas. Elle lève souvent sa caboche, lui faisant de gros yeux interrogateurs pour qu'il répète jusqu'à trois fois de suite une phrase, un mot dont elle n'a jamais entendu parler. Les rapports entre l'élève et le professeur sont remplis de compréhension et de gentillesse.

Quand elle quitte ce cours admirable, elle a le blues. Elle devra supporter les cours de Droit Pénal réalisés par un grand chauve à l'air niais et les cours de Droit Notarial qu'elle ne supporte pas du tout.

Après le cours du matin sur les régimes matrimoniaux, elle file chez le fournisseur prendre le nécessaire dont Jérôme a besoin pour ensuite se diriger à la Fontaine d'Ouche et ouvrir la boutique.

Les nouveaux amis de la Fac la trouvent courageuse et pleine de punch. Elle est la seule à travailler même si elle considère que son travail n'en est pas vraiment un. C'est du plaisir !

Lorsque le samedi matin, elle se rend à la grande Faculté de Droit de Dijon pour suivre son cours de huit à dix heures de Droit du Travail : elle dispose de sa matinée. Le tout petit barbu va la faire rire.

Certes, elle y apprend certaines choses mais elle ne peut s'empêcher de se dire que le barbu est représentatif de la CGT. Il s'adresse à l'auditoire comme s'il revendiquait quoi que ce soit. Caroline va retenir l'essentiel des cours pour s'amuser au magasin à faire la Coco, la révolutionnaire et dire des « Les Patrons ! Au Poteau ! »

Elle fera rire aux éclats tout le monde excepté son oncle, le Patron qui sera hors de lui.

Calie continue à parler tardivement avec Hervé plusieurs fois par semaine. Ils se déchaînent sur l'actualité. Parfois ils vont en boîte de nuit. Elle pense tous les jours à Eric mais en l'attendant, elle veut vivre. Dans l'endroit nocturne, elle séduit, se fait draguer puis sort avec un homme différent à chaque fois. Elle s'amuse avec ces hommes et s'amuse d'eux.

Elle visite régulièrement l'assureur et chaque lundi matin, ils vont courir ensemble à La Combe à la Serpent. Elle aime voir le vieux s'exciter à trouver une cachette derrière des arbustes et talus pour qu'il puisse s'envoyer en l'air. En fait sans le savoir, elle se joue des hommes et cela durera !

Entre toute son activité et son lourd emploi du temps, Calie gardant sa vitalité n'a pas l'impression d'attendre longtemps son rendez-vous avec Eric.

Un samedi soir, il l'appelle pour lui proposer d'aller la chercher au bout de la rue de son domicile. Timide, il craint les commerçants. Légèrement apeurée tout en étant heureuse, elle se fait ravissante avant d'arriver au stop. Elle monte dans le véhicule qui démarre comme une trombe. Il l'emmène directement chez lui dans une petite rue derrière la gare de Dijon. L'endroit sombre fait limite propre mais passant devant de grosses poubelles, la bonne amie suit le blondinet qui monte un escalier étroit jusqu'au premier où il ouvre une vieille porte en bois craquant. L'appartement semble froid, sombre et vétuste.

Il s'agit d'un deux-pièces dont la vue donne sur les trains qui font des va et vient. Eric offre un verre d'alcool que Calie refuse. Alors, sans s'être vraiment adressés la parole, il l'emmène dans la petite chambre bruyante éclairée par les lanternes de la rue. Il porte la précieuse pour la déposer sur le lit dont le matelas montre des difformités. Il la met nue puis se déshabille à son tour. Il lui chuchote à l'oreille combien il aura attendu ce doux moment. Allongés seuls enfin sans la crainte d'être vus ou entendus, ils apprécient cette nouvelle intimité.

Pour l'instant, chacun observe le corps de sa moitié sans vraiment oser le toucher. Ne résistant plus au beau regard, comme hypnotisée, la belle approche le visage plus près de celui de son partenaire qui lui prend ses lèvres délicieusement, infiniment car il ne cesse de l'embrasser que lorsqu'il effleure la peau douce et halée. Elle lui donne l'impression d'être fragile si pure et si exclusive.

Alors au moment de la prendre, il va doucement. Le plaisir si intense fait qu'Eric veut le partager avec elle. On dirait qu'il attendait sa présence depuis toujours. Ils feront l'acte plusieurs fois. L'étudiant en Médecine est infatigable. Parfois, il arrête son mouvement pour lui signifier qu'il ne devrait pas être là avec elle. Il devrait réviser ses examens ratés en juin. Il se sent pousser des ailes à son contact si bien qu'il la rassure prétextant qu'il est certain de sa réussite.

Ne pouvant plus se passer de sa merveilleuse éclusière, il lui fixe plusieurs rendez-vous avant de la raccompagner vers 5h du matin.

De belles habitudes sont prises.

Fin octobre

En attendant les résultats des examens d'Eric, le couple s'offre des soirées de plus en plus agréables.

Maintenant, avant de conduire la petite à son domicile, il l'emmène au cinéma ou traîner main dans la main dans les rues dijonnaises.

Ils arrivent à dégoter un bar leur permettant de s'isoler au son d'une musique de Jazz. Ils apprennent à davantage se connaître. Derniers consommateurs, ils quittent l'établissement très tard et jouent à réveiller les dormeurs en passant sous leurs fenêtres. Une fois chez le toubib, ce dernier propose un café et chez lui un soir, il se sent apte à lui dire une vérité.

Il lui parle de Monica. Caroline apprend qu'il est toujours avec elle et qu'ils passent tous leurs dimanches ensemble. Elle le questionne et lui, embêté lui répond plus ou moins vaguement.

Elle ne peut décrire sa déception et sa tristesse soudaine car elle tient à lui.

Elle ne connaît pas ses sentiments à son égard mais reste

persuadée qu'ils sont beaux et faits l'un pour l'autre.

Devinant le désarroi de sa Calie, soulagé de s'être exprimé, il se montre gentil et lui fait un amour parfait. Heureusement qu'il fait noir dans la petite pièce, comme ça, il ne peut pas deviner les larmes qui coulent en abondance sur des pommettes saillantes.

Après la séparation, Caroline qui se sera retenue une éternité dans le véhicule, pleurera durant la nuit entière.

Ses occupations journalières lui changeront les idées. Et puis Hervé l'accapare toujours pour sortir. De toute façon, des amants, des hommes séduits, sont toujours présents. Eric ne peut pas imaginer sa vie.

Lorsqu'elle retrouve Eric le 31 octobre, elle se montre un peu plus distante.

Il vient à la fac de lettres pour lui annoncer qu'il a loupé ses modules et par conséquent il doit refaire sa troisième année de Médecine. Il accuse Caroline d'être responsable de son échec. La belle ne le comprend pas.

Il lui explique aussi qu'il est officiellement avec l'Italienne et qu'il se culpabilise de sortir avec elle. Dans cette rancœur, il la laisse à ses amis. Elle va s'éclater en boîte, sortir avec de nouveaux individus et s'extérioriser comme jamais au magasin, au sein de ces réunions politiques et lors de certains cours qu'elle n'aime guère.

Un jour, elle passera derrière le prof de Droit Pénal et lui scotchera un malabar au-dessus du crâne. Une autre fois, en attendant en haut des marches un professeur, elle fera un French Cancan sous les applaudissements des copains. En fait, en dehors des cours de Droit Public, elle ne cessera jamais de faire le zouave.

Suite à la session des examens de février 1983

Les enseignants satisfaits remettent les copies aux étudiants sachant que le coefficient le plus important est destiné pour cette année au Cours de Droit Public.

Lorsque Monsieur Velpau rend les feuilles d'examen, il commence à féliciter celle qui a obtenu un 19 sur 20 : Caroline ! Elle qui avait l'habitude de n'avoir que des zéros dans un passé lointain déjà, dévoile un air très étonné. Elle lit dans le regard du transmetteur de la copie une surprenante satisfaction. Elle ne sait pas si c'est la satisfaction à lui ou à elle qui la comble. En attendant la fin de l'année, elle décide de ne rien dévoiler sur les résultats des partiels. De toute façon, sa famille absorbée par les affaires ne lui demande jamais rien concernant ses études alors….

Les semaines, les mois passent…

Caroline revoit de temps en temps Eric qui parfois lui donne rendez-vous à l'hôpital lorsqu'il est de garde. Il lui raconte des détails sur des avortements dont il s'est occupé. Absolument non intéressée, elle fait semblant de l'écouter frimer.

Eric continue à l'inviter mais les mêmes endroits où il l'embarque commencent à la lasser.

Et puis, maintenant qu'ils se connaissent parfaitement physiquement, ils essayent de dialoguer.

Une soif de connaissance récompensée

Bientôt le printemps et la meilleure des vendeuses n'a pas pris le temps nécessaire pour étudier ses cours. Pourtant sérieuse et attentionnée en Faculté, elle a privilégié l'activité commerciale au détriment des études. Elle ne rate aucun cours mais en dehors des leçons qui la passionnent, une fois rentrée à son domicile, elle les range.

Jérôme, son oncle est plus que satisfait de l'employée qui ne lui coûte quasiment rien pour un chiffre d'affaires qui a triplé en une année grâce aux compétences de l'interlocutrice à laquelle on fait systématiquement appel.

Elle n'a plus le temps de se promener dans la galerie marchande et de visiter l'adjoint du Président des commerçants. Elle a délaissé les footings du lundi matin consacrant son unique matinée de liberté à lire son journal préféré : *L'Evénement du Jeudi*. Elle s'achète parfois le quotidien *Le Monde*. Elle se fait traiter de « gaucho » par ses parents mais elle aime s'enrichir l'esprit avec des idées de gauche même si son engouement politique se situe à droite.

Caroline retrouve ses vieux copains au Bistrot de la Justice. Elle prend plaisir à discuter et à plaisanter avec eux. Ces hommes s'attachent à la jolie petite qui n'a pas sa langue dans sa poche et qui avoue des opinions futées sur une multitude de sujets.

Elle continue d'aller régulièrement au Rassemblement Pour la République et se moque des jeunes garçons qui imitent Jacques Chirac aussi bien dans leur façon de s'exprimer que dans leur apparence avec les mêmes lunettes que le président du mouvement politique. Elle adore provoquer ces p'tits mecs en évoquant des idées prises dans le journal de Jean-François Khan qu'elle trouve intéressantes.

Elle fréquente toujours autant Hervé et ses rapports avec Véronique sont gentils et complices uniquement en cours. Elle essaye tant bien que mal de dévergonder sa voisine.

Elle passe des nuits dans les bras de son amant sans lui dire qu'elle le trompe. Les discussions entre les deux ex-éclusiers se font violentes. Il s'agit plus d'une incompatibilité des opinions que de Monica. Nous sommes sous le Septennat de François Mitterrand et Caroline critique constamment le Président. Eric lui est ultra socialiste et buté. Calie adorerait échanger des idées avec son homme mais la chose est impossible.

En fait, il ne supporte pas que sa partenaire soit de droite. Ils ont du mal à communiquer car il prend la mouche dès qu'ils sont en désaccord. L'étudiante en Droit se tait et écoutant l'étudiant en Médecine se dit qu'en dehors de ce qu'il entreprend et de ses opinions qu'il tient de son père, il n'a que trop peu de centres d'intérêt. Elle n'aime guère son comportement. Cela l'énerve et un jour n'en pouvant plus, inconsciemment, elle le provoque.

Puisqu'il se montre fier de sa personne, de sa bigamie, de sa médecine et de sa future carrière professionnelle, elle lui dit carrément qu'il correspond au troisième amant de sa semaine. Et que depuis leurs retrouvailles, elle est toujours allée voir ailleurs. Elle ne ment pas mais ne se rend pas compte de l'impact de l'aveu.

Stupéfait d'abord par ce qu'il entend, il rougit et avec fureur la traite de tous les vilains noms.

Sur le moment, la coquine se dit que la scène ne durera pas.

Il ramasse ses clés de voiture, la reconduit chez elle et pour finir lui somme de ne plus l'appeler.

L'histoire des éclusiers s'achève avec pertes et fracas.

Caroline ne verra plus son ange et comprendra longtemps après qu'elle l'aimait profondément.

Lorsque des années plus tard, elle le verra au loin, aux côtés de l'Italienne, elle s'adossera derrière un mur et versera toutes les larmes de son corps.

La vie continue et les examens approchent

Caroline adore ce que raconte le bon professeur. Alors que les élèves semblent lointains par rapport aux dires de

Monsieur Velpau, elle comprend la loi Deferre du 2 mars 1982 qu'elle a déjà lue dans certains journaux.

Elle apprend que cette loi confère une autonomie aux différentes collectivités territoriales pour que chaque citoyen se sente plus proche des décisions politiques. C'est d'actualité pour la jeune fille qui se fait un véritable plaisir de tout noter ce dont elle recopiera comme à l'accoutumée.

Fin mai – Début juin 1983

Calie demande à son patron les trois jours avant les épreuves écrites pour réviser. Elle estime n'avoir rien lu et relu depuis des mois. Ses copains de classe stressés lui mettent la pression.

Elle qui n'a jamais passé d'examen de sa vie, décide de s'acheter des pistaches et d'énormes paquets de bonbons comme pour s'encourager avant de s'enfermer dans sa chambre.

Elle ne sait pas apprendre. Petite, elle n'a jamais appris de leçon. Elle lit une fois les cours de Droit Pénal en se disant qu'elle les feuilletera juste avant l'épreuve. Elle met de côté les cours de Droit Notarial car elle les regardera pour un oral qu'elle passera avec l'oral de Droit Public une semaine plus tard.

Elle passe un peu plus de temps à s'amuser avec le Droit du Travail en mangeant des bonbons. Comme elle a toujours entendu les doléances des ouvriers de ses parents, elle les comprend davantage.

Elle s'imagine Chef Déléguée Syndicale et prendre leurs défense.

Concernant le Droit Administratif, elle y consacre tout son temps. Cette matière qui fera l'objet d'un écrit puis d'un oral lui plaît et elle ne veut en aucun cas décevoir son Professeur tant aimé.

Le jour des épreuves écrites

Caroline doit passer les examens de Droit Pénal et de Droit du Travail le matin. Elle se lève à 3h le grand jour pour lire et relire certains cours.

Dans le hall de la grande faculté de Droit, les étudiants à la sale gueule montent les étages comme s'ils se rendaient à l'échafaud. Au troisième étage, ils attendent la première épreuve de 8 à 10h.

En observant le visage déconfit de ses deux potes, la belle se dit qu'elle n'a pas dû assez réviser. Proche de Véronique, parmi les autres non réveillés, elle sort de son cartable les cours de Pénal pour les parcourir rapidement.

Dans la salle d'examen, les deux copines sont éloignées d'office et dès la remise des sujets, Caroline se dépêche d'écrire ce qu'elle a survolé cinq minutes auparavant.

Terminant sa copie bien avant tout le monde, elle panique en observant le spectacle muet.

Dix minutes de pause sont accordées avant que chacun ne reprenne sa place.

Le sujet du Droit du Travail inspire la gamine. Elle profite de ce qu'a enseigné le professeur, de sa vie active et des informations récentes pour lier l'intellect au concret.

A midi, les étudiants quittent la pièce les yeux hors des orbites.

Véronique et Caroline décident de profiter des deux heures d'interruption pour étudier toujours et encore la matière principale. Elles sortent du bâtiment et décident de s'oxygéner en marchant jusqu'à la rue de Mirande où se trouve le café restaurant des étudiants.

Une fois assises, elles mangent difficilement une part de pizza qu'elles se partagent. Fatiguées, éprouvées et en même temps excitées, elles se prennent un remontant : ce sera de la Vodka orange.

L'étudiante bizarre a bu cul sec son verre tandis que l'étudiante sérieuse n'a bu qu'une gorgée. Calie boit donc le deuxième verre plein avant de retourner avec sa copine dans cette ambiance qu'elle n'avait jamais connue jusqu'à ce jour.

Un banc à l'extérieur de la salle permet aux deux jeunes filles de s'allonger tout en sortant le Droit Public à relire jusqu'au dernier moment.

Caroline chante, lève les jambes et en blaguant bruyamment,

fait rire la fille plus sérieuse.

Des femmes de ménage, attirées par le bruit, viennent auprès d'elles et souriantes, évoquent le fait que pour la première fois, qu'elles voient des étudiantes se préparer à passer des examens dans un tel état. Véronique sent bien que sa copine est complètement soûle. Elle n'arrive même pas à feuilleter ses cours. Comment va-t-elle s'en sortir ?

14 h : Epreuve de Droit Administratif

Monsieur Velpau étonné d'apercevoir son élève préférée rire aux éclats donne l'autorisation aux étudiants de s'installer dans la salle. Tout le monde regarde le comportement de l'excitée. Une fois le sujet distribué, le professeur réclame le silence total. Caroline obéit et lit ce qui lui est demandé.

Soudainement concentrée, elle est enchantée d'exprimer noir sur blanc tout ce qu'elle sait sur la Décentralisation : Le partage des compétences avec les pouvoirs de financement des régions, des départements et des communes.

Elle doit également détailler les pouvoirs exécutif et législatif de chaque collectivité territoriale. Elle explique aussi les recours possibles d'administrés auprès du commissaire de la République (le Préfet) en cas de désaccord avec un arrêté municipal.

Caroline termine au bout d'une heure l'épreuve. Elle a rédigé son texte aussi vite que possible d'une écriture vilaine mais lisible.

En attendant une heure encore sans pouvoir sortir face à sa copie, elle se met à pleurer.

Les effets de l'alcool, de la fatigue reprenant le dessus, elle pense que décidément le Bon Professeur l'aura vu dans tous ses états.

Elle a hâte de rentrer chez elle pour se coucher.

Les Oraux

Caroline se présente à l'examen de Droit Notarial un matin de juin à 9h. Elle n'aime pas le professeur directeur de l'école de Droit Notarial. Quand il l'interroge, comédienne, elle parle d'une manière posée, correcte et snobe. Elle qui craint la matière, a su répondre aux questions concernant les divers actes notariés.

Elle attend 11h30 devant une autre salle à l'étage toujours de l'Université où elle sera appelée pour passer l'Oral de Droit Constitutionnel.

Un bel homme brun, avocat de profession, enseignant les travaux dirigés de 2e année de DEUG de Droit vient la chercher.

Il l'installe devant une table face à lui.

Il observe la beauté avec surprise pendant un temps interminable avant d'ouvrir la bouche pour la questionner.

Elle ne se dégonfle pas et le fixe à son tour avec un sacré

aplomb. Il l'interroge sur l'alinéa 3 de l'article 49 de la Constitution de 1958.

Elle s'exprime royalement sur la Mise en Responsabilité du Gouvernement pour faire adopter un Projet de loi. Elle précise : L'alinéa 3 de l'article 49 de la Constitution de 1958 permet au Gouvernement d'imposer l'adoption d'un texte par l'Assemblée Générale immédiatement et sans vote en engageant sa Responsabilité. Le risque est que l'Assemblée Législative peut renverser le Gouvernement par une Motion de Censure (Alinéa 2 de l'article 49).

Elle essaye de puiser dans l'actualité pour donner un exemple quand soudain, sans le faire exprès, elle donne un coup de pied en décroisant ses jambes sous la table. L'avocat l'interrompt, ébahi par ce qu'il vient d'entendre et honteux pour s'excuser. Il s'imagine que c'est lui qui a donné le coup de pied. Attiré par la jeune coquette qui parle comme jamais il n'a entendu parler un étudiant, il lui adresse un somptueux sourire et l'accompagne jusqu'au-dessus des escaliers pour la saluer en lui faisant un baise-main.

Caroline quitte la Faculté de Droit soulagée, ravie de s'être fait draguée par un bel homme qui lui semble exemplaire. Elle se sent pousser des ailes et en pleine forme !

Lors des résultats, elle se trouve au travail où elle continue de servir la clientèle merveilleusement.

Elle ne se déplace pas pour aller voir les résultats des examens. Trop occupée dans ses activités diverses, elle a même tendance à oublier les épreuves.

Véronique l'appelle pour lui annoncer la nouvelle. Elle commence à lui dire que la plupart des copains sont reçus. Faisant durer le suspense, au bout d'un laps de temps, elle lui fait savoir qu'elle a également réussi et qu'elle est majore de la promotion.

C'est ainsi qu'elle apprend qu'elle figurera dans le journal local et qu'ayant obtenu une moyenne de dix-sept sur vingt, Calie pourra si elle le désire aller directement en 2e année de DEUG de Droit.

La famille et l'entourage de la gamine devenue femme sont plus que surpris. Eux qui n'avaient absolument pas confiance en la réussite intellectuelle d'une coquine qui durant l'enfance était « un bonnet d'âne » à l'école.

Fière d'elle, on lui porte un regard différent.

Merci professeur !

SOMMAIRE

©Illustrations de Carole SEIGNEZ
(Huiles sur Toile)
Couverture : L'Insolente
In texto :

REMERCIEMENTS

A Madame Rachel MITRANI et Madame Evelyne AMON pour leur amour et leurs encouragements depuis des années
A Monsieur Rémi CONSTANTIN qui m'a aidée et supportée durant ces écritures
A Monsieur Guy SIMMONE du bureau du Canal de DIJON, sans qui l'Eclusière n'aurait pu exister
Au Professeur Thibault MOREAU, Président de la Recherche Thérapeutique sur la Sclérose en Plaques, qui m'a procuré un traitement miraculeux sans lequel je n'aurais pu réaliser ce travail
A ANICOM-MONETEAU pour ce GRAND PRIX FESTILIVRES-BOURGOGNE qui m'encourage à continuer sur le chemin de l'écriture
A Nicole DUBUS VAILLANT qui m'a fait confiance et aidée à vaincre les obstacles

Vous pouvez consulter nos parutions, nos nouveautés,
nous contacter ou nous proposer vos manuscrits
sur notre site

www.editionsvaillant.net

Achevé d'imprimer en France par PRÉSENCE GRAPHIQUE
2, rue de la Pinsonnière - 37260 MONTS
N° d'imprimeur : 101140030

Dépôt légal : octobre 2011